Ronaldo Manzi

memória

Ronaldo Manzi

memória

ato performativo e patologia do social

coordenação editorial
Sálvio Nienkötter

editor-adjunto
Raul K. Souza

capa
Paula Villa Nova
Tela de Ronaldo Manzi

produção
Cristiane Nienkötter

Dados Internacionais de Catalogação na Publicação (CIP)
Angelica Ilacqua CRB-8/7057

Manzi, Ronaldo
Memória, ato performativo patologia do social / Ronaldo Manzi.
Curitiba: Kotter Editorial, 2019.
80 p.

ISBN 978-65-80103-00-3

1. Memória 2. Psicanálise I. Título
Tipo de Suporte: Papel

CDD 153.12

19-0145

Kotter Editorial
Rua das Cerejeiras, 194
82700-510 | Curitiba/PR
+55 41 3585-5161
www.kotter.com.br | contato@kotter.com.br

1o edição
2019

SUMÁRIO

Ao Gael Barbosa Marques

Creio que a maioria das pessoas constrói fantasias em momentos de sua vida. Isso é um fato que durante muito tempo foi negligenciado e cuja relevância, portanto, não foi devidamente apreciada

(Freud, O escritor e a fantasia (1908)).

A MEMÓRIA
como testemunho
e ressignificação

A memória performativa

Para analisar um trecho em que Johann Wolfgang von Goethe em sua autobiografia descreve uma de suas memórias infantis, Sigmund Freud começa sua reflexão (*Uma recordação de infância em* Poesia e Verdade [1917]) com essas palavras: "quando procuramos recordar o que nos sucedeu nos primeiros anos da infância, muitas vezes chegamos a confundir o que nos disseram outras pessoas com o que realmente sabemos por testemunho e experiência própria" (Freud, 2010d, p. 264). Ou seja, o que relatamos do nosso passado muitas vezes participa de uma *construção* em que os testemunhos de outras pessoas nos fazem criar ou recriar acontecimentos. Naquele ensaio Freud pretende mostrar que a partir da construção de memórias e a sua narração (tal como Georges Politizer destaca na obra freudiana), seja a partir de traços que permanecem atuantes no psíquico, seja por sobredeterminações de relatos de parentes e/ou conhecidos sobre o mesmo acontecimento, tanto a narração quanto o que se narra são *realidade psíquica*. Isso, independentemente se há ou não uma correspondência da recordação com uma suposta verificação na realidade sobre o contado (algo impossível de se realizar).

Normalmente, tomamos a questão da memória em Freud a partir do efeito *a posteriori* – enquanto ressignificações da nossa própria estória. Tais ressignificações partilham de uma tradição que encontramos de Walter Benjamin a Marcel Proust, Maurice Merleau-Ponty, Jacques Lacan, Jacques Derrida etc. Este ensaio pretende abordar os dois lados da questão: a memória enquanto *testemunho* (devido à construção da memória) e enquanto *ressignificação* (devido ao efeito *a posteriori*). No primeiro caso, retomarei um texto de Ecléa Bosi sobre a memória de velhos (*Memória e sociedade – lembranças de velhos* [1979]) – algo que me parece próximo da concepção de Freud em sua análise de Goethe. Diz Bosi, por exemplo, sem citar Freud, que:

> a criança recebe do passado não só dados da história escrita; mergulha suas raízes na história vivida, ou melhor, sobrevividas, das pessoas de idade que tomaram parte na sua socialização. Sem estas haveria apenas uma competência abstrata para lidar com os dados do passado, mas não a memória (Bosi, 1994, p. 73).

Parto da tese que é possível associar essa concepção de Bosi com a ideia de construção em análise, tal como Freud nos apresenta, em que o analisando constrói uma memória (aquilo que permanece enquanto atuante) a partir de recordações (traços que podem vir a ser atuantes) na própria análise.

No segundo caso, retomarei a questão do efeito *a posteriori* em Freud. Meu objetivo é mostrar que essas duas concepções são complementares para se pensar a memória, uma vez que Bosi mesmo defende que "a narração é uma forma artesanal de comunicação. Ela não visa a transmitir o 'em si' do acontecido, ela o tece até atingir uma forma boa. Investe sobre o objeto e o transforma" (Bosi, 1994, p. 88). Não seria a própria memória um acontecimento social? A própria narração não seria uma evocação de um testemunho?

A memória como testemunho

A tese de livre-docência de Ecléa Bosi, *Memória e sociedade – lembranças de velhos*, se baseia em oito relatos. Sua tese parte do pressuposto de que a memória de um indivíduo só pode ser acessível a partir do momento em que esse realiza uma espécie de autobiografia: quando narra sua própria vida – eis a forma de lembrança mais eloquente segundo Bosi (*cf.* Bosi, 1994, p. 68). Mas o que um indivíduo narra da estória da sua vida?

A tese se volta a relatos de velhos que nasceram em São Paulo (SP) no começo do século XX ou que se mudaram para essa cidade ainda criança. As descrições dos mesmos acontecimentos ocorridos na cidade, ou das mesmas ruas, locais, etc. parecem completamente diferentes. Não se trata de mostrar simplesmente que existem "pontos de vista" sobre a mesma situação, mas como a memória de acontecimentos se constrói distintamente. Pergunto-me: como uma memória se constrói?

A tese de Ecléa Bosi é que há uma relação entre memória e sociedade – uma espécie de relato de uma estória pessoal que é construída a partir de testemunhos que conferem atualidade ao vivenciado, rompendo barreiras entre passado e presente, entre memória individual e social. Uma espécie de malha que é descrita poeticamente por Bosi:

> a memória é a faculdade épica por excelência. Não se pode perder, no deserto dos tempos, uma só gota de água irisada que, nômades, passamos do côncavo de uma para outra mão. A história deve reproduzir-se de geração a geração, gerar muitas outras, cujos fios se cruzem, prolongando o original, puxados por outros dedos (Bosi, 1994, p. 90).

Como se a história (da cidade, por exemplo) e a estória (de vida)[1] se tecessem, sem sabermos ao certo o que é social e o que é individual, exatamente por não haver uma barreira entre ambas: "as lembranças que ouvimos de pessoas idosas têm assento nas pedras da cidade presentes em nossos afetos, de uma maneira bem mais entranhada do que podemos imaginar" (BOSI, 1994, p. 443).

Não teria sentido nos deter aqui na descrição dos casos apresentados por Bosi – mais fácil que o leitor se volte aos relatos. O que me interessa não são os relatos em si, mas o sentido dado aos relatos. Ou seja, quando narramos uma memória, narramos o que recordamos a partir do que nos foi contado; e toda vez que nós mesmos contamos a mesma estória, narramo-la de forma diferente, sem, por isso, torná-la menos "real". Além disso, uma memória é compartilhável: algo que se vivenciou é testemunhado por outros, mesmo que se tenha o vivido "sozinho", porque, ao contar, faço do meu interlocutor meu próprio testemunho. Segundo Bosi, parece haver a necessidade de uma testemunha para que haja uma memória: "somos, de nossas recordações, apenas uma testemunha, que às vezes não crê em seus próprios olhos e faz apelo constante ao outro para que confirme a nossa visão: 'Aí está alguém que não me deixa mentir'" (Bosi, 1994, p. 407).

É também verdade que cada pessoa é testemunha de si – porque se reconhece em sua estória; por outro lado, toda fala é uma forma de fazer do outro uma testemunha de sua estória. E o que é contado, por sua vez, também é uma "construção" única no momento da narração, fazendo

---

1 Uma distinção que faço questão de fazer, mesmo sabendo de seu desuso na língua portuguesa.

com que o ato de contar seja a atualização de algo que só temos contato a partir de traços – um partilhar/evocar algo que continua atuante em nós, mesmo que não saibamos ao certo o que seja. Daí porque uma sessão de análise não pode ser pensada nem como uma descrição "fiel" do que supostamente aconteceu, nem como puro devaneio: o analista testemunha e participa da construção do que está sendo dito e o interpreta. Aliás, em se tratando de uma ficção, como sabermos se não é um delírio? Por ter uma testemunha? Por ser compartilhável?

Algo análogo poderíamos dizer da história de modo geral. Ela se passaria como um mistério como destaca Giorgio Agamben:

> ler a história é decifrar um mistério que nos diz respeito de modo essencial; contudo, esse mistério não tem nada a ver com algo como o destino pagão ou a necessidade estoica, mas sim com uma 'economia' que dispõe livremente as criaturas e os acontecimentos, deixando-lhes seu caráter contingente e até mesmo sua liberdade e suas inclinações (Agamben, 2011, pp. 59-60).

Diante de um mistério, é necessária uma interpretação, pois nada nos autoriza, nem a pessoa que conta, nem a pessoa que ouve, nem qualquer testemunha que vivenciou o mesmo acontecimento narrado, a dizer que haja uma relação de verificabilidade entre o que se fala e o que "realmente" aconteceu. Narrar algo jamais pode ser colocado na mesma esfera que a noção de verificabilidade – tal como se dá na verdade nas ciências naturais (em que uma teoria pode ser verificável no estado de coisas – seja criado no laboratório, seja na natureza). A memória seria, portanto, uma espécie de *ficção* conjunta, seja ela histórica, ou na própria estória de vida.

Aliás, a memória pode ser uma ficção criada *para além de* uma recordação de algo vivido: pode ser simplesmente uma ficção em que nem mesmo estávamos presentes no acontecimento. Trata-se de uma memória tão concreta que a tomamos como vivida. Que se veja esse exemplo:

> muitas lembranças, que relatamos como nossas, mergulham num passado anterior a nosso nascimento e nos foram contadas tantas vezes que as incorporamos ao nosso cabedal. Entre elas, contam-se feitos dos avós, mas também nossos, de que acabamos 'nos lembrando'. Na verdade, nossas primeiras lembranças não são nossas, estão ao alcance de nossa mão no relicário transparente da família (Bosi, 1994, p. 425).

Tomamos, portanto, muitas vezes, a narrativa de nossos pais *como* nossas.

Ao interpretar uma estória qualquer, temos que levar em conta seu fator social, em que o passado se revive enquanto atual na testemunha do outro – ao se ouvir uma narração. Daí lermos passagens como essa de Bosi:

> é preciso reconhecer que muitas de nossas lembranças, ou mesmo de nossas ideias, não são originais: foram inspiradas nas conversas com os outros. Com o correr do tempo, elas passam a ter uma *história* dentro da gente, acompanham nossa vida e são enriquecidas por experiências e embates. Parecem tão nossas que ficaríamos surpresos se nos dissessem o seu ponto exato de entrada em nossa vida. Elas foram formuladas por outrem, e nós, simplesmente, as incorporamos ao nosso cabedal (Bosi, 1994, p. 407).

Assim, nossa própria estória é *ficção* criada a partir de testemunhos – *como se* a memória fosse algo comunitário/compartilhável.

Sem testemunha qualquer, a própria memória poderia se passar como uma fábula, em que não se saberia diferenciar se se trata de uma realidade, sonho, ilusão etc. No fundo uma testemunha produz um "lastro de veracidade" em uma fantasia, uma vez que não há nenhuma possibilidade de verificação da memória com o que "realmente" se passou.

Na verdade, como Freud indica em sua conferência 23 (*Os caminhos da formação de sintomas*), há que se valer de uma realidade psíquica e não uma espécie de verificabilidade: "se não se apresentam dotadas de realidade *material*, essas fantasias decerto revelam realidade *psíquica*, e pouco a pouco aprendemos que, *no mundo das neuroses, a realidade psíquica é a decisiva*" (Freud, 2014, pp. 489-490).

Do mesmo modo, alguém pode contar um acontecimento de nossa vida que não conseguimos lembrar. Assim, somos uma memória para outro e é ele que vai tornar presente algo nosso que nem mesmo lembramos: "*o grupo é suporte da memória se nos identificarmos com ele e fazemos nosso seu passado*" (Bosi, 1994, p. 414).

Memória e construção

Sabemos como Freud sempre comparou a psicanálise com a arqueologia. Ou seja, há camadas que devem ser descobertas para se chegar a algo recalcado (que foi colocado de lado sob camadas) e que deve ser reconstruído a partir de pequenos fragmentos, assim como se se tenta reconstruir uma cidade a partir de pequenos fragmentos encontrados. Não se tem acesso à Pompéia tal como ela era, por exemplo. Ao escavá-la, temos que interpretar os fragmentos e reconstruir o *mistério* que foi essa cidade.

Um exemplo de construção encontramos no texto *"Batem numa criança": contribuição ao conhecimento da gênese das perversões sexuais* (1919). Freud nos mostra como existe uma fantasia que aparece em vários de seus analisandos(as), principalmente do sexo feminino. Essa fantasia se dá em três fases segundo Freud.

Num primeiro momento, surge como um traço que pode ser lido assim: "meu pai bate na criança". A partir desse fragmento, Freud interpreta como se trata de uma fantasia infantil de não dividir o amor paterno com outra pessoa. Assim, pode-se dizer que "meu pai não ama esse outro, ama somente a mim". Trata-se, como sabemos a partir do complexo de Édipo, de um amor incestuoso que será recalcado em muitos casos. E exatamente por ser recalcado, traz *uma consciência de culpa* (por ter desejado algo proibido). Daí a segunda "fase" da fantasia que é construída, em análise, nesses termos: "sou castigado pelo meu pai". Nesse momento, percebe-se que a criança que é castigada é o analisando, uma vez que o sentimento de culpa faz a fantasia se tornar masoquista: por existir culpa, a fantasia se inverte. Ou seja, seu pai não te ama, mas te bate! Trata-se, portanto, de uma fantasia inconsciente, recalcada, e que, por isso, deve ser *construída* em análise.

A terceira "fase" dessa fantasia aparece mais ou menos assim: "estou olhando alguém bater nas crianças (desconhecidas – qualquer criança)". Vemo-nos diante de uma suposta inversão de masoquismo a sadismo, mas que Freud interpreta ainda como masoquista, pois todas as crianças seriam substitutas da figura do analisando.

A questão da construção/reconstrução de uma memória é tão fundamental para Freud que ele chega a dizer que se trata da própria *tarefa do analista*. Em *Construções em análise* (1937), Freud escreve: "sua tarefa [do analista] é a de completar aquilo que foi esquecido [pelo analisando] a partir dos traços que deixou atrás de si ou, mais corretamente, *construí-lo*" (Freud, 1996, p. 276). Em outras palavras, o analista é testemunha da memória do analisando.

Segundo a teoria freudiana, o analisando não recorda o "material" recalcado, mas é capaz de indicar traços do que foi reprimido. Esses traços aparecem nas associações livres, por exemplo; nos sintomas; nas repetições; nos sonhos; nas lembranças encobridoras; em formas de atuação na análise etc. Com esse material, é possível uma reconstrução da memória, isto porque o material a ser reconstruído, no analisando, está lá, presente, de alguma forma – presente de forma inconsciente.

Em *Recordar, repetir e elaborar – novas recomendações sobre a técnica da psicanálise II* (1914), por exemplo, Freud destaca como a psicanálise tem um papel de desencobrir as resistências do analisando e que é pela interpretação dos traços, como aqueles que aparecem na associação livre, que se objetiva o *preenchimento das lacunas da recordação* (*cf.* Freud, 2010e, p. 195). Só assim seria possível a superação das resistências que defendem a manutenção daquelas lacunas.

Há um maior destaque nesse momento na questão da repetição e atuação do analisando durante uma sessão – isso para destacar a força da resistência do analisando para recordar o que foi recalcado. Importante nesse contexto a possibilidade do analisando elaborar o que foi trazido à tona. Ou seja, o que é construído ao/no longo processo de superação das resistências deve agora ser elaborado.

Na análise, algumas das impressões vividas como cenas que foram esquecidas estão "bloqueadas" à consciência. No trabalho de análise, sob uma construção de recordações, o analisando diz que na verdade *sempre soube*, apenas não pensava nisso. É por conta desse trabalho de trazer à tona o que estava "soterrado" que Freud inscreve a psicanálise como um trabalho arqueológico. Eis uma bela passagem em que Freud associa o trabalho do analista com a de um arqueólogo:

> seu trabalho [do analista] de construção, ou, se se preferir, de reconstrução, assemelha-se muito à escavação. Feita por um arqueólogo, de alguma morada que foi destruída e soterrada, ou de algum antigo edifício. Os dois processos são de fato idênticos, exceto pelo fato de que o analista trabalha em melhores condições e tem mais material à sua disposição para ajuda-lo, já que aquilo com que está tratando não é algo destruído, mas algo que ainda está vivo – e talvez por outra razão também. Mas assim como o arqueólogo ergue as paredes do prédio a partir dos alicerces que permaneceram de pé, determina o número e a posição das colunas pelas depressões no chão e reconstrói as decorações e as pinturas murais a partir dos restos encontrados nos escombros, assim também o analista procede quando extrai suas inferências a partir dos fragmentos de lembranças, das associações e do comportamento do sujeito da análise. Ambos possuem direito indiscutido a reconstruir por meio da suplementação e da combinação dos restos que

> sobreviveram. Ambos, ademais, estão sujeitos a muitas das mesmas dificuldades e fontes de erro (Freud, 1996, p. 277).

A memória pensada a partir do social teria as mesmas características na concepção de Bosi:

> se por acaso esquecemos, não basta que os outros testemunhem o que vivemos. É preciso mais: é preciso estar sempre confrontando, comunicando e recebendo impressões para que nossas lembranças ganhem consistência. Imagine-se um arqueólogo querendo reconstituir, a partir de fragmentos pequenos, um vaso antigo. É preciso mais que cuidado e atenção com esses cacos; é preciso compreender o sentido que o vaso tinha para o povo a quem pertenceu. A que função servia na vida daquelas pessoas? Temos que penetrar nas noções que as orientavam, fazer um reconhecimento de suas necessidades, ouvir o que já não é audível. Então recomporemos o vaso e conheceremos se foi doméstico, ritual, floral... (Bosi, 1994, p. 414).

Podemos testemunhar um acontecimento histórico, somos então uma testemunha do ocorrido, assim como somos, a todo o tempo, testemunhas de nossa própria estória. Em ambos os casos narramos uma recordação (traços) – tal como construímos uma narração do acontecido a alguém.

Vale aqui ressaltar a crítica de Merleau-Ponty a Émile Durkheim. Ao pensar os acontecimentos históricos como *fatos sociais*, Durkheim teria reduzido o acontecimento a "coisas" que poderiam ser tratadas tal como se trata um fato físico. Para que isso fosse possível, diz Merleau-Ponty em *De Mauss a Claude Lévi-Strauss* (1959), seria preciso uma espécie de "observador absoluto" (*cf.* Merleau-Ponty, 1960, p. 144) – um homem que consegue ver em "sobrevoo" e em todas perspectivas uma mesma coisa (no caso, um mesmo acontecimento). O conceito de fato histórico assim como o de fato social seria, portanto, humanamente inalcançável.

Por outro lado, a interpretação da história e também da estória de uma vida, como veremos, se dá a partir de ressignificações. O próprio fato de vivenciarmos o tempo de um acontecimento de forma absolutamente descontínua nos mostra como jamais uma memória poderia ser tratada como uma coisa entre outras: "um dia inteiro pode dividir-se em antes e depois de uma visita esperada. Rememoramos com vivacidade os pequenos incidentes antes de sua chegada, uma flor colhida às pressas, algum arranjo de última hora na casa. E quando a visita esperada se afasta ficamos estupefatos com a rapidez do desfecho e com o vazio que deixou depois de si" (Bosi, 1994, p. 416).

O interessante de ouvir memórias de velhos, como mostra Bosi, é perceber que, com a idade, sem novos acontecimentos, o tempo parece ser estático, congelado. Já as estórias de infância e de juventude são ricas, cheias de detalhes, como se "naquele tempo" tudo fosse melhor, como se tudo tivesse mais sentido etc. Assim, a forma como lidamos com o tempo é fundamental em nossa relação com a memória. Não lembramos da mesma forma qualquer "passatempo", que tenha sido longo ou não, em relação a algum acontecimento que tenha nos excitado, mesmo que só tenha durado alguns segundos. Em outros casos, alguns meses em um estado não-humano, como são as memórias de Primo Levi de Auschwitz, foram capazes de transformar todo o sentido da vida: "é isto um homem?". Incansavelmente lemos em seus relatos (que se tome *É isto um homem?* (1947)) como Auschwitz jamais cessa de ressoar. O mesmo encontramos nas passagens em que Freud tenta explicar traumas de guerra. Há algo da ordem do inapreensível que o aparelho psíquico não é capaz de absorver, uma vez que as excitações externas são tão fortes que rompem com sua proteção contra o inesperado do trauma. Nesse caso, o trauma se repete indefinidamente – está presente de forma sufocante.

Ao perceber a intensidade, presença e repetição do trauma Freud é "obrigado" a pensar para além do princípio do prazer, pois a premissa de que o sonho seja a realização de desejos não se mantém com os repetidos sonhos de um trauma que insiste em não ser superado/esquecido. Que se veja em *Além do princípio de prazer* (1920) como Freud trabalha a partir do problema da repetição, tal como na brincadeira da criança (*Fort-da*) e como a neurose traumática se torna um novo desafio para a teoria psicanalítica.

Entretanto, diferentemente do trauma, que não irei tratar aqui, uma memória recalcada está presente, mas de forma menos sufocante – uma memória que aparece a partir de traços e que pode ser reconstruída e, na análise, colocada à tona. Ou seja, é possível que se lide com cenas recalcadas desde que se *construa* um sentido para elas.

Sendo assim, dizer que o tempo seja duração é algo muito distinto de afirmar a forma que essa duração se dá na memória – tal como um tempo parecer "mais longo" ou "mais curto" do que outro qualquer. Tem algo que foge do tempo ordinário na memória a ponto de Freud nos dizer que o inconsciente é *atemporal* – aquilo que fica da nossa infância, por exemplo, continua presente a nós, mesmo que de modo disfarçado e mesmo que ressignificado. Mas como um acontecimento deixa traços no aparelho psíquico? E por que esse traço *pode* ser reativado/reavivado?

O efeito *a posteriori*

Freud descreve as excitações como algo que provoca/produz uma sensação irritante no organismo e desencadeia algo: um estímulo de caráter irritativo que marca o aparelho psíquico e exige dele alguma elaboração. O que isto significa?

De um modo geral, Freud defende que a tarefa do sistema nervoso é dominar excitações. Para isto, é preciso que o aparelho psíquico estabeleça algum tipo de conexão associativa com as excitações. Isto exige um *trabalho* de elaboração – um trabalho que pode ser descrito como uma forma de fazer ligações: operações do aparelho psíquico que visam limitar as associações, dando sentido ao que é associado. Sem qualquer ligação, uma excitação não é assimilada, não é "domada". Claro que ao realizar uma elaboração de uma excitação exterior não estamos realizando uma representação de algo "real" que poderia ser *verificada* na realidade. As elaborações do aparelho psíquico são uma forma, mesmo que fantasiosa, de dar sentido a algo que faz "traço" no aparelho psíquico. Daí a criatividade da criança em criar sentidos, mitos individuais, para explicar a origem dos bebês, por exemplo: para lidar com a situação, a criança cria algo que dê um sentido qualquer a um acontecimento que ela não esperava, não conhece e/ou não foi preparada para tal.

Mas é claro que há acontecimentos que a criança, por mais criativa que seja, não consegue dar qualquer sentido. Se a criança vê um coito, por exemplo, normalmente não há nada que ela possa associar a esse ato. Assim, a excitação provocada pela percepção, sem que haja qualquer ligação representativa/associativa, fica "solta". Nesse caso, diz-se que há um excesso de excitação em que a pessoa não consegue fazer qualquer tipo de ligação: é como se o aparelho psíquico não estivesse suficientemente preparado para suportar tal excitação; um excesso que, apesar de não ser representável (porque não está em nenhuma ligação), deixa traços/marcas no sujeito – como um corpo estranho que não é tragável...

Essa metáfora digestiva é do próprio Freud: elaborar uma excitação é um trabalho de assimilar/integrar/absorver um material psíquico, algo que dá forma apreensível ao material e que exige certo montante de trabalho na tentativa de resolução de estímulos gerados por acontecimentos que são vividos como ameaçadores. "Resolver" aqui significa tornar formulável/tolerável a excitação – mesmo que seja através de uma fantasia, como é o caso das explicações infantis que aparecem tantas vezes na descrição do famoso caso do pequeno Hans.

O que Freud nota é que a criança, mesmo que não declare abertamente suas observações e suas hipóteses sobre a sexualidade dos adultos, guarda-as como um segredo. Como se ela percebesse que os adultos escondessem dela qualquer coisa "proibida" e desconfiasse das estórias que lhes contam. Freud localiza aí os primeiros conflitos psíquicos na criança – entre o conhecimento que ela constrói como resposta às suas curiosidades e o conhecimento suspeito que é apresentado por seus pais ou cuidadores, ou seja, pelo social de um modo geral.

Mas as descobertas da criança não são diretamente aceitas por ela mesma. É preciso um certo esforço para elaborar o que ela observa. Ela tende a rejeitar, por exemplo, a descoberta de que nem todos os seres possuem um pênis. Daí a metáfora digestiva ser importante: é preciso processar/modificar/assimilar transformando ou dando uma forma aceitável psiquicamente ao que é percebido na "realidade". Como na digestão, há uma profunda transformação operada no material (processamento-transformação-desaparecimento).

Visto do ponto de vista de um adulto, essa assimilação/transformação que a criança realiza *encobre* sua observação, criando uma fantasia de que um dia irá crescer um pênis na mulher. Freud reconhece como essa fantasia parece absurda para o pensamento adulto, mas se a criança nega esta percepção (da ausência do falo), é porque deve haver algum motivo muito ameaçador para tal descoberta. Sem entrar em detalhes nesta questão da ameaça, me interessa aqui a reativação de uma cena como um efeito *a posteriori*.

A descrição do caso da *História de uma neurose infantil ["O homem dos lobos"]* (1918[1914]) é um dos momentos, talvez o mais importante, em que Freud elabora a concepção do que seria o efeito *a posteriori*. Freud mostra a evolução de um caso de neurose obsessiva desde a infância, desde a castração, passando por momentos de sadismo, masoquismo, fobia, histeria (conversão em um órgão), até os atos obsessivos de autopunição. Afinal, como é possível que haja uma lógica contraditória que atua no sujeito à sua revelia? Não cabe aqui retomar o caso, mas apenas destacar como Freud se vale do efeito *a posteriori* para interpretá-lo.

Na descrição do caso, Freud indica as distorções e retificações/"reavivações" a que o passado de alguém está sujeito ao ser olhado retrospectivamente, e como esse passado tem uma realidade psíquica para o sujeito. Ao ouvir o "homem dos lobos", Freud toma alguns fragmentos de um sonho para reconstruir a memória do analisando. Eis os fragmentos: "*um acontecimento real – de uma época bem antiga – olhar – imobilidade – problemas sexuais – castração – o pai – algo terrível*" (Freud, 2010c, p. 48). A partir desses fragmentos, Freud *reconstrói* a memória do homem dos lobos – literalmente, como ele mesmo diz, *preenche as lacunas do sonho*. A sua tese é que, com esses "preenchimentos", refresca-se a pista mnemônica (traços) do analisando, mesmo que a construção não tenha nenhuma verificabilidade com o que "realmente" poderia ter acontecido.

O importante é que tenha uma realidade psíquica para o analisando.

Nessa construção, algumas cenas são trazidas à tona. A principal é a cena de coito dos pais do analisando quando este ainda tinha, segundo Freud, menos de dois anos. A cena, como se espera, é inassimilável para uma criança dessa idade, mas ela não deixa de existir por causa disso – lembremos que o inconsciente é atemporal na teoria psicanalítica. A partir de um sonho do homem dos lobos com quatro anos, juntamente com outros acontecimentos que se justapõem à cena, a cena do coito é *reativada/reavivada*. Ou seja, a cena vista anteriormente e sem que tenha sido assimilada tem um efeito *a posteriori*.

Diante da cena que se reativa em um sonho (entre outras coisas, como a influência da história bíblica, a alucinação da perda do dedo, a visita ao pai doente etc.), a criança desperta uma neurose obsessiva. A questão aqui não é a discussão do caso, mas como uma cena pode ser reativada e ter efeito *a posteriori*. A reativação (tornar atual) de uma cena é bem diferente da recordação (ter traços) de algo. A cena jamais foi esquecida ou recordada, simplesmente foi reativada e tem efeito enquanto uma vivência recente. Assim, a cena não perde o frescor com o tempo e pode ser ativada/reativada (vivida/revivida).

Mas o fato de essa cena ter tido um efeito *a posteriori* não significa que ela foi assimilada pelo sujeito. Em análise, é possível uma *ressignificação* do que teve um efeito *a posteriori*. Daí porque Freud destaca três tempos da cena (colocado em nota, mas que eu gostaria de colocar em relevo):

> com um ano e meio a criança recebe uma impressão a que não pode reagir o bastante, só a compreende, só é comovido por ela na sua revivescência aos quatro anos, e somente na análise, duas décadas depois, pode apreender, com sua atividade mental consciente, o que ocorreu então dentro de si. O

> analisando ignora justificadamente as três fases temporais e coloca seu Eu atual na situação há muito acontecida (Freud, 2010c, p. 63).

Que se veja: algo que aconteceu marca o aparelho psíquico; isso que aconteceu não é apreendido, porque o aparelho psíquico, nessa fase do desenvolvimento infantil, é incapaz de absorvê-lo. O não apreender não significa que o acontecido foi apagado, mas ficou inconsciente como um traço, uma marca. Em outro momento, essa marca aparece de forma substituída – como em um sonho, segundo suas deformações, com deslocamentos e condensações. Um sonho que ativa uma marca e que a criança passa agora a ter que lidar com.

Como se trata de um sonho, obviamente, já há distorções da suposta cena. Estamos aqui diante de ficções de algo que "pode" ter ocorrido ou não – *pouco importa* –, mas que tem uma realidade psíquica que a criança tem que lidar. Como Freud mostra, a recordação de tal cena leva a um efeito – a um efeito *a posteriori* – que leva o homem dos lobos a criar uma neurose obsessiva.

Passadas essas duas fases, é possível uma terceira: uma ressignificação do que aconteceu. Daí porque, na análise, não há exatamente a reprodução das cenas infantis primárias, mas *construções* de fantasias que representam desejos e interesses da pessoa em sua vida atual, mesmo que esse fantasie a partir de tendências regressivas como diz Freud (*cf.* Freud, 2010c, p. 68).

Mas o que seriam essas fantasias? Diz Freud: "(...) tais cenas infantis não são, no tratamento – até onde vai minha experiência –, reproduzidas como lembranças, são resultados da construção" (Freud, 2010c, p. 70). Que fique claro que, aqui, a construção de uma fantasia não é uma lembrança, porque não é algo que "realmente" ocorreu, mas *uma fantasia*

– *algo construído*. Sendo assim, o que o analisando recorda de sua infância não precisa ser verdadeiro (no sentido de corresponder a uma "realidade"), mas distorções que se constrói junto ao analista (como testemunha).

A partir de fragmentos, o psicanalista/arqueólogo reconstrói Pompéia. Reconstrói não como ela poderia ter sido "de fato", mas como ela é para o analisando no momento atual: "aqueles [relatos do homem dos lobos] não podiam ser, era minha opinião, os pensamentos de um garoto de quatro anos e meio ou cinco; provavelmente ele transpunha para esse passado remoto o que se originava da reflexão do adulto de quase trinta anos" (Freud, 2010c, p. 84).

Tratam-se de traços que podem ser ressignificados. Traços que só podem ser ressignificados porque foi construído uma memória com uma testemunha – no caso, um analista (*como se* da percepção à memória os traços da percepção fossem sendo inscritos de modos distintos, mas traçados de modo permanente no aparelho psíquico). Assim, se o sujeito lembra de algo, estes traços irão ser ressignificados de modo diferente, fazendo da memória uma contínua "leitura" de rastos – o que faria também do presente vivo ser dependente desta ressignificação destes rastos. Modo aliás de afirmar que o presente só é presente *a posteriori*, uma vez que ele só tem sentido a partir de rastos mnémicos.

O texto fundamental sobre esse ponto é a *Nota sobre o "bloco mágico"* (1925). Freud descreve aí um mecanismo que era chamado de *bloco mágico* que "coincide" com o que ele descreve sobre o aparelho psíquico. Assim ele descreve este bloco:

> o Bloco Mágico é uma tabuinha feita de cera ou resina marrom-escura, com margens de papelão, sobre a qual há uma folha fina e translúcida, presa à tabuinha de cera na parte superior e livre na parte inferior. Essa folha é a parte mais interessante do

> pequeno aparelho. Consiste ela mesma de duas camadas, que podem ser separadas uma da outra nas bordas laterais. A camada de cima é uma película de celuloide transparente, a de baixo é um papel encerado, ou seja, translúcido. Quando o aparelho não é utilizado, a superfície de baixo do papel encerado cola-se levemente à superfície de cima da tabuinha de cera (Freud, 2011, p. 270).

Numa palavra: este mecanismo nos mostra como há uma superfície receptora disponível (folha) e traços duradouros das anotações (papel encerado). Trata-se de um mecanismo em que podemos escrever em uma folha que pode ser apagada com um simples movimento da mão. Esta superfície receptora (a folha) seria a consciência – uma superfície em que podemos a todo o momento apagar o que foi marcado (papel encerado); os traços duradouros seriam aquilo que Freud denomina de atemporal (o inconsciente) – traços que deixam rastos.

Esses traços podem ser ressignificados. A memória, enfim, são esses traços que são construídos, reativados, ressignificados a partir de alguma testemunha.

O mais interessante é que a memória também pode ser absolutamente colocada em questão se as testemunhas o fizerem como tal. Por exemplo, no livro *O bigode* (1986) de Emmanuel Carrère, o personagem raspa seu bigode que fazia parte de sua identidade corporal, mas que o leva a mudar completamente sua forma de ser quando sua mulher diz que ele jamais teve um bigode – ou seja, quando não se tem uma testemunha de suas memórias. Esse exemplo será ilustrativo para entendermos o que proponho como *memória performativa*.

O bigode

O romance começa com uma frase despretensiosa em uma sexta-feira a noite – de um homem jovem conversando com sua esposa: "e se eu raspasse o bigode, o que é que você acha?" (Carrère, 1988, p. 7). Sua mulher, Agnès, concorda com a ideia, sem dar muita atenção. Nesse momento, já nos encontramos com algo estranho, pois desde que se conheceram ele usava bigode.

Segue-se uma descrição minuciosa do personagem, Marc, retirando o bigode e imaginando a reação de sua esposa ao vê-lo. A própria reação dele ao se olhar no espelho o assusta – quase não se reconhece. Mas Agnès, ao vê-lo pela primeira vez sem o bigode, nada diz – *como se* nada tivesse acontecido. Saem para jantar na casa de um casal de amigos; eles também não parecem reparar em nada. A trama está montada: como eles não perceberam? Mais de dez anos com um bigode e o tira de repente e ninguém diz nada. Começa a desconfiança do personagem: será que Agnès, que sempre faz brincadeiras desse tipo, tramou com os amigos de não comentar e fingir que ele nunca usou bigode? Marc, irritado com a situação, tira satisfações por ela estar agindo dessa forma, fingindo que nada aconteceu. A resposta é "enlouquecedora": "seu bigode? (...) Mas que história de bigode é esta?" (Carrère, 1988, p. 23).

A partir desse momento a estória se desenrola com acusações de ambos os lados: um defendendo que sempre teve bigode e outro dizendo que nunca houve bigode algum. Para resolver o assunto, *somente diante de testemunhas* que o viram de bigode ou não. Vai ao escritório onde trabalha – mesma reação: ninguém repara ou, ao menos, não diz sobre a "ausência" do bigode. O personagem começa a se irritar e imaginar que se tratou de um "mega trama" da esposa – como se ela tivesse envolvido "todos" na sua "brincadeira". Nesse momento, tudo nos leva a crer que Agnès tramou algo, porque ele mostra para ela fotos dos dois juntos com ele "sorrindo e bigodudo", mas ela não abre mão da sua (suposta) trama: aquilo não dizia nada!

No escritório, por não ter tido reações, frequenta várias vezes à toalete e fica se olhando no espelho para confirmar que não estava de bigode. Começa "mil" hipóteses: seria Agnès "perversa" em desenvolver uma trama tão meticulosa envolvendo tantas pessoas? Ou estaria louca? Etc.

Doravante todos parecem ser testemunhas dessa trama, como o homem da tabacaria que não comenta nada etc. As brigas com Agnès começam a ser sérias, levando-o até a dormir, pela primeira vez desde casados, no sofá etc. Para resolver o caso, surge a ideia de uma testemunha neutra que jamais poderia se envolver na trama: uma consulta em um psiquiatra. Mas como ainda era sábado, e teriam que esperar até segunda, Marc quer provar para si mesmo que tem razão em sua estória: *sempre teve bigode.* Além disso, ele tinha provas matérias, como sua foto na identidade.

Entretanto, essa prova material não bastava, era preciso uma testemunha. Tratar-se-ia de um delírio seu? Começa a se instaurar uma dúvida. Como encontrar alguém fora da trama? Deveria ser alguém desconhecido.

Realiza um plano audacioso: passa-se como um cego e pergunta a uma jovem mulher se a carteira que estava em seu bolso lhe pertencia ou não. Ao confirmar que a foto da identidade batia com a imagem de Marc, ele pergunta se o homem da foto usa bigode. A jovem confirma que sim. Mesmo assim, ele pergunta se ela tem certeza. Ele retruca dizendo que não usa bigode, e ela responde de forma ambígua, pois não dá para entender se ela se refere à foto ou ao estado atual dele: "usa, sim!" (Carrère, 1988, p. 62).

Marc agora parece convencido: o personagem acredita que a mulher está louca, porque toda essa trama não pode ser uma brincadeira, pois já se havia passado do limite do são. Diante da desconfiança da loucura de Agnès, resolve não discutir mais com ela e decide esperar até segunda-feira para irem ao consultório de um psiquiatra.

Passa o dia fora. À noite resolve chamar a esposa para jantar. Não toca no assunto, mas ela resolve "quebrar o gelo" e diz que o bigode dele está crescendo. Ao pagar a conta com um cheque, Marc tira seu documento para confirmar sua identidade ao garçom. Agnès pede para ver o documento. Ao ver o bigode na foto, acusa Marc de alterar a foto com alguma caneta de boa qualidade e raspa o bigode da foto até atravessar o papel da foto, deixando-a com uma marca branca entre o nariz e a boca, e devolve o documento com esse comentário: "pronto – concluiu [Agnès]. – Agora você está em ordem" (Carrère, 1988, p. 70).

A estratégia de Marc agora é, quando chegar em casa, recolher todas as fotos que encontrar de bigode para levar ao psiquiatra. Mas se lembra que deixou Agnès sozinha em casa a tarde – e, de fato, já não existe mais nenhuma foto dele na casa em que ele estivesse de bigode – perdeu-se a prova material, inclusive da identidade. Poderia pedir a amigos alguma foto em que ele aparecesse – mas e se todos entraram na trama de Agnès? Doravante, somente testemunhas poderiam comprovar se Marc usava ou não bigode.

No outro dia de manhã (ainda sem dormir, desde o episódio) recebe um telefonema do amigo do escritório (Jérôme). Marc explica a situação, pedindo o número de telefone de um psiquiatra para encaminhar Agnès, mas é surpreendido ao ouvir que Agnès tinha razão: que ele jamais teve bigode e, provavelmente, é ele quem deveria ver o psiquiatra. Passa agora a acreditar que está louco por alguns instantes, mas pede para ver as fotos que Agnès teria escondido. Ela as mostra e ele está com bigode em todas (segundo diz). A questão passa a ser outra: ele vê um bigode nas fotos; Agnès afirma que não vê nenhum bigode olhando para a mesma foto. Ou Marc está delirando, ou Agnès pretende levar até o fim a sua trama. E o leitor não tem como decidir, principalmente porque Agnès nega acontecimentos que parecem claros para Marc: por exemplo, a viajem deles a Java; o jantar que tiveram há dois dias atrás na casa de um casal de amigos (no dia em que começou ou o delírio ou a trama – ela nega, inclusive, que conhecem esse casal, Serge e Véronique); a própria existência do seu pai, que já teria morrido há um ano... Eis minha questão: *quando alguém não sustenta suas memórias, literalmente, o sujeito se coloca na possibilidade de estar louco, tendo ou não razão* (como confirmando numa fotografia que tinha, afinal, o tal bigode – "assombrações do inverificável" diz Carrère a seu modo (*cf.* Carrère, 1988, p. 141)).

Agnès marca um encontro com um psiquiatra ainda naquele domingo. Entretanto, como Marc saberia que este também não estaria envolvido – como saber se se trata mesmo de um psiquiatra se foi Agnès que organizou a consulta?

Marc cria várias hipóteses: estaria louco? Agnès estaria louca? Seria tão perversa ao criar algo assim? Ou ela queria o enlouquecer?

Decide fugir – ir para a casa dos pais e confirmar que o pai está vivo. Mas dois dias sem dormir poderia ser a causa de se confundir e não encontrar a casa dos pais; não poderia confiar em nenhum amigo, pois todos poderiam estar envolvidos... Cria um plano para tirar Agnès do apartamento para pegar seu passaporte (que segundo observa, continha uma foto dele com o tal bigode), dinheiro, cartão de crédito e vai ao aeroporto, decidido a fugir desse caos sobre suas memórias.

Pega o primeiro voo que vai a algum lugar distante. O acaso o leva a Hong Kong. Ali se sente livre, porque não precisava pedir a ninguém para confirmar suas memórias; poderia ser um novo homem, começar novas memórias, em que ninguém iria importar se ele já teve ou não um bigode. Assim, ele poderia se tornar a única testemunha de sua estória. Tratava-se de um acontecimento sem volta, "(...) que tinha atravessado uma fronteira e ultrapassado um ponto de onde não havia retorno" (Carrère, 1988, p. 133).

Agora, em Hong Kong, fez planos para a nova vida. Num outro acaso embarca para uma ilha próxima. O bigode já está crescido novamente. Três dias passados nessa ilha e, quando volta ao hotel, sua mulher o aguarda. O encontro é de quem se despediu há cinco minutos um do outro como se nada tivesse acontecido. Ele vai tomar banho, sem que nada pareça estranho. Não tem dúvida: deve raspar o bigode novamente. Com a navalha, tira o bigode. Não satisfeito, como na foto raspada de sua carteira de identidade, ainda com a navalha, retira o que havia entre o nariz e os lábios. Chega aos ossos. E antes de desmaiar, consegue se cortar de uma orelha a outra.

Ou seja, sem sabermos ao certo se se tratava ou não de uma trama de sua mulher ou se Marc estava em estado de delírio, ao entrar em dúvida sobre as memórias de si, quando as testemunhas dizem que nunca houve bigode algum, ele não suporta – foge e se mata. Há uma reconstrução de si a partir desse acontecimento. É nesse sentido que proponho associar a construção da memória em uma análise ao que John Langshaw Austin denominou *ato performativo*.

A memória performativa

Austin, em 1955 (*Como fazer coisas com palavras*), formaliza uma possibilidade da linguagem: é possível que hajam falas que não pretendem ter qualquer relação com estados de coisas, pois elas não dizem nada em relação à suposta verdade ou falsidade da fala. Ao dizer, por exemplo, que "eu aceito" me casar com x ou y; ou que "eu aposto que isso seja mais vantajoso do que x"; que "eu declaro y" etc. nos deparamos com falas que não se relacionam com estados de coisas. Ao mesmo tempo, são falas que modificam estes estados de coisas. Tomemos esse caso: ao dizer que "eu aceito" me casar com tal pessoa, nada mais será como antes – essa fala modifica um estado de coisas sem ter qualquer referência a um estado de coisas real – não é falsa nem verdadeira (*cf.* Austin, 1962, p. 5).

Austin destaca frases em que *o dizer é fazer* – quando se realiza uma pronúncia performativa. Como não se relaciona a nenhum estado de coisas a fala pode ser feliz ou não – pode ou não realizar esse outro estado de coisas que se pronunciou. Será "feliz" se realizar o novo estado de coisas; será infeliz, porque prometeu algo que não *instaurou.*

Na concepção de Austin, falas performativas dependem da circunstância explícita e completa de uma *fala intencional sincera* com a presença de outros participantes que também cumprem o procedimento. Um casamento católico, por exemplo, só é possível diante de um padre, de testemunhas e do casal que se pretende casar estando todos submetidos a uma conduta preestabelecida. Só é válido também o casamento se "Eu aceito" for dito de forma intencional, sem má-fé, sem que sejam forçados a pronunciar tal fala e crendo realmente nela. Ademais, a promessa deve ser cumprida tal como foi estabelecida naquele momento. Com essas condições realizadas, estamos diante de um ato performativo: uma pronúncia que modifica estados de coisas (*cf.* Austin, 1962, pp. 14-15).

A sentença "Eu aceito" só tem sentido se cumprir todos os requisitos situacionais – a declaração *per se* não diz nada e é denominada um ato locutório. Já um ato ilocutório está em um contexto específico, sob certas condições, dito por uma pessoa específica (como ordenar, convidar, ameaçar etc.). Esse ato tem uma força, pois é intencional, porém não modifica o estado de coisas. Por fim, Austin nos diz do ato perlocutório: um ato que não só tem a força intencional do ato ilocutório como produz uma mudança no estado de coisas. Ou seja, a consequência da fala determina sua eficácia.

Não poderíamos pensar o mesmo em relação à construção de uma memória na análise? Ou seja, é preciso certas condições para que a memória seja ressignificada e tenha um sentido performativo para a pessoa em análise. É preciso que se seja sincero, que tenha testemunha, que haja regras etc. para que essa memória tenha um sentido para o analisando... Proponho então o conceito *memória performativa*. O que isso significa?

Memória performativa seria uma memória construída a partir de um testemunho que tem o *poder* de mudar a forma de ser de uma pessoa. Ou seja, mesmo que toda memória seja social, mesmo que seja uma construção, nem todas as memórias construídas sob o testemunho de outro tem a mesma potência no sujeito. Certas memórias simplesmente preenchem lacunas que dão sentido ao que vivenciamos. Ao ressignificar algo acontecido damos um novo sentido ao que pensamos sobre nós mesmos, sem que tal memória tenha qualquer relação a um estado de coisas. Por outro lado, certas memórias, como o sonho do Homem dos lobos, podem ser ressignificadas num terceiro momento e modificam nossa forma de ser – nada do que foi antes será o mesmo depois da ressignificação desse tipo de memória. Ela teria um poder performativo sobre a forma de ser do sujeito. Uma espécie de *insight*. Em análise, nem sempre a construção de uma memória chega a ter tal poder. Mas em alguns momentos, a simples construção de uma memória poderá modificar o que somos, tal como na fala performativa: quando se diz "eu aceito".

Bibliografia

AGAMBEN, Giorgio. *O reino e a glória – uma genealogia teológica da economia e do governo (homo sacer, II, 2)*. Trad. Selvino J. Assmann. São Paulo: Boitempo, 2011.

AUSTIN, John Langshaw. *How to do things with words*. London: Oxford University Press, 1962.

BOSI, Ecléa. *Memória e sociedade – lembranças de velhos*. São Paulo: Companhia das Letras, 1994.

CARRÈRE, Emmanuel. *O bigode*. Trad. Herbert Daniel. Rio de Janeiro: Espaço e tempo, 1988.

FREUD, Sigmund. Além do princípio de prazer. In: *Obras completas volume 14 – História de uma neurose infantil ("O homem dos lobos"), Além do princípio do prazer e outros textos (1917-1920)* (pp. 161-239). Trad. Paulo César de Souza. Rio de Janeiro: Imago, 2010a.

______. "Batem numa criança": contribuição ao conhecimento da gênese das perversões sexuais. In: *Obras completas volume 14 – História de uma neurose infantil ("O homem dos lobos"), Além do princípio do prazer e outros textos (1917-1920)* (pp. 293-327). Trad. Paulo César de Souza. Rio de Janeiro: Imago, 2010b.

______. Conferência 23 – Os caminhos da formação de sintomas. In: *Obras completas volume 13 – Conferências introdutórias à psicanálise (1916-1917)* (pp. 475-499). Trad. Paulo César de Souza. Rio de Janeiro: Imago, 2014.

______. Construções em análise. In: *Obras psicológicas completas de*

Sigmund Freud Volume XXIII – Moisés e o monoteísmo, Esboço de psicanálise e outros trabalhos (1937-1939) (pp. 275-287). Trad. sob direção de Jayme Salomão. Rio de Janeiro: Imago, 1996.

______. História de uma neurose infantil ["O homem dos lobos"]. In: *Obras completas volume 14 – História de uma neurose infantil ("O homem dos lobos"), Além do princípio do prazer e outros textos (1917-1920)* (pp. 13-160). Trad. Paulo César de Souza. Rio de Janeiro: Imago, 2010c.

______. Nota sobre o "bloco mágico". In: *Obras completas volume 16 – O eu eo id, "Autobiografia" e outros textos (1923-1925)* (pp. 267-274). Trad. Paulo César de Souza. Rio de Janeiro: Imago, 2011.

______. Uma recordação de infância em Poesia e Verdade. In: *Obras completas volume 14 – História de uma neurose infantil ("O homem dos lobos"), Além do princípio do prazer e outros textos (1917-1920)* (pp. 263-278). Trad. Paulo César de Souza. Rio de Janeiro: Imago, 2010d.

______. Recordar, repetir e elaborar – novas recomendações sobre a técnica da psicanálise II. In: *Obras completas volume 10 – Observações psicanalíticas sobre um caso de paranoia relatado em autobiografia ("O caso Schreber"), artigos sobre técnica e outros textos (1912-1913)* (pp. 193-209). Trad. Paulo César de Souza. Rio de Janeiro: Imago, 2010e.

MERLEU-PONTY, Maurice. De Mauss a Claude Lévi-Strauss. In: *Signes*. Paris: Gallimard, 1960.

A LEITURA DE

O desenho do tapete de Henry James enquanto ressignificação do ato performativo

O ato performativo como promessa

Em 2008, Giorgio Agamben retoma a questão do ato performático de John Langshaw Austin em sua obra *O sacramento da linguagem – Arqueologia do juramento*. Agamben retoma a concepção de Austin para analisar a arqueologia do juramento. O juramento, segundo Agamben, é o que firma o homem falante, porque instaura uma nova forma de ser e que só pode ser garantida se, de fato, for cumprida. Nesse sentido, a questão da verdade retorna em outros termos: como uma garantia de que o que foi jurado realmente seja cumprido ou se houve uma profanação. Sendo assim, o juramento é um ato verbal/performático destinado a garantir a verdade. E o fato de ele não poder ser cumprido vem da fraqueza da própria linguagem: o ato de fala que instaura um novo estado de coisas precisa ser garantido e mantido, porque o próprio ato não garante a validade do cumprimento da fala. Ou seja, o juramento seria o que une, de fato, a linguagem e a ação.

Nessa concepção, o que fundamenta o juramento é sua possibilidade de não ser cumprido – momento em que recai no indivíduo uma maldição. Ao dizer "Eu aceito", esse ato performativo traz consigo uma maldição de perjúrio possível. Há, portanto, um poder na linguagem de fundamentar o destino do homem – um poder que não se refere a um estado de coisas (que posso verificar no mundo), mas ao destino do homem ao instaurar um estado de coisas (que recai em seu horizonte de cumprimento ou não). Eis porque Agamben afirma que "a maldição torna-se assim algo que se acrescenta ao juramento a fim de garantir aquilo que no início era confiado unicamente à *fides* na palavra, enquanto o juramento pode assim ser apresentado (...) como aquilo que foi inventado para punir o perjúrio" (Agamben, 2011, p. 53).

O parágrafo 23 dessa obra de Agamben é dedicado a uma releitura da teoria dos atos performativos de Austin a partir da investigação em torno da arqueologia do juramento. A seu ver, é o estatuto do juramento que permite compreender de outro modo a teoria dos atos performativos (*cf.* Agamben, 2011, p. 65). Agamben destaca como o ato performativo desmente que haja um abismo que separa as palavras e as coisas, pois ele remete a uma realidade que ele mesmo constitui. Mas há algo ainda mais central: "o que importa salientar é que a autoreferencialidade do performático sempre se constitui através de uma suspensão do caráter denotativo normal da linguagem" (Agamben, 2011, p. 65). Ou seja, um dito que é considerado em si substitui a relação denotativa entre palavra e coisa e instaura uma relação autoreferencial sem se referir a um estado de coisas que pode ser verificado.

Mas, diferentemente de Austin, Agamben reinstaura o "lugar da verdade", não enquanto adequação entre palavra e coisa, mas enquanto verificação se a palavra realiza o que ela instaura (aqui entra um problema da temporalidade). Agamben associa esse ato performativo ao que Foucault teria nomeado *veridição*: "(...) na veridição", diz Agamben, "o sujeito se constitui e se põe em jogo como tal, vinculando-se performativamente à verdade da própria afirmação" (Agamben, 2011, p. 68). Ou seja, o ato performativo envolve a própria constituição do sujeito – ele se vincula à sua fala, coincide com seu ato de fala e coloca em jogo a própria vida do sujeito falante.

Seria esse o ponto crucial que Austin não teria colocado à luz?

> Para que algo como um juramento possa ter lugar, é necessário, justamente, sobretudo, poder distinguir e, ao mesmo tempo, articular de algum modo vida e linguagem, ações e palavras – e é isso precisamente o que o animal, para quem a linguagem é ainda parte integrante da sua prática vital, não pode fazer. A primeira promessa, a primeira – e, por assim dizer, transcendental – *sacratio* produz-se através dessa cisão, na qual o homem, opondo a sua língua à suas ações, pode pôr-se em questão, pode comprometer-se com o *logos* (Agamben, 2011, p. 80).

O ato performativo como ficção e servidão voluntária

O desenho do tapete de Henry James

Pretendo nesse ensaio confirmar o que diz Austin e Agamben. Mas pretendo também ir além. Quero propor que o ato performativo deve ser lido como uma ficção e uma servidão voluntária. O conto enigmático de Henry James, *O desenho do tapete*, de 1896, descreve com rigor, mas sem nomear, o que proponho.

A personagem (que não é nomeada no conto), um jovem apresentado como se estivesse ganhando uma oportunidade "de ouro": o resenhista/crítico literário mais experiente do jornal em que trabalha (George Corvick), por questões pessoais (um possível casamento com Gwendolen Erme), não pode se comprometer em escrever sobre o novo livro do escritor de sucesso "no momento" (Hugh Vereker). O jovem tem então a oportunidade de "ouro" de escrever sobre alguém que ele admira (uma pessoa "tremendamente inteligente" – uma adjetivação de que ele "não abre mão"). Mas ele não deixa de ouvir os conselhos de seu amigo Corvick (que inclusive o aconselha a não usar palavras do "tipo" "tremendamente inteligente"). O conselho de Corvick é que ele tente entender o autor e não, simplesmente, o elogie. A questão que fica "no ar" aqui é: o que é entender um autor? Estaria se referindo a que exatamente? Sobre a sensação que o autor nos passa ao lermos sua obra?

Corvik sugere que seria necessário que se escrevesse sobre essa sensação ao lermos a obra – uma sensação que exige ao jovem crítico descobrir do que se trata. Entusiasmado, o jovem publica seu escrito e fica um pouco abalado ao saber que Corvik não ficara satisfeito com seu texto – o jovem não teria conseguido "entender" o autor. Se esse foi o caso, que se imagine como o próprio Vereker iria ler essa publicação sobre seu trabalho... Mesmo assim, nosso jovem continua orgulhoso de suas palavras, mesmo diante de possíveis descontentamentos.

O jovem crítico tem a oportunidade de conhecer pessoalmente o escritor logo após a publicação de sua crítica. Espera por esse encontro; espera, aliás, ser elogiado por ter escrito palavras supostamente tão certeiras sobre a obra de Vereker.

Ainda sem serem apresentados, em um jantar em que, entre muitos, se encontra Vereker, esse é questionado sobre a "justiça" ou não das palavras do artigo sobre sua obra publicado recentemente. A resposta do escritor é que o artigo era encantador; entretanto, emenda que é profundo, mas que "tudo que desejo", diz Vereker, "é que o autor não veja..." (James, 2001, p. 115); e, questionado sobre essas reticências, complementa: "não veja nada".

Bem, diante dessa fala, podemos deduzir que nos deparamos com um desejo do autor de que os críticos não vejam algo que supostamente poderiam ver, mas que não conseguem ver. Aqui começa o "enigma" – o que não se consegue ver?

Pouco depois desse jantar, uma das convidadas diz ao escritor que o crítico de sua obra estava também à mesa. Vereker decide se retratar em particular com o jovem por ter dito aquelas palavras. Em meio às suas desculpas, diz que se trata de algo que todos os críticos deixam escapar; e, por deixar escapar, faz de seus escritos, de Vereker, um fracasso. Afinal, como não conseguem alcançar a peculiaridade da sua obra? Assim Vereker tenta explicar essa peculiaridade:

> quando falo de minha pequena peculiaridade estou me referindo àquele... como poderei chama-lo?... ponto específico que é a principal razão de eu ter escrito meus livros. Acaso não existe em cada escritor um ponto assim específico, no qual ele mais se concentra, que sem o esforço para alcançá-lo nada escreveria, o amor de seus amores, a parte do trabalho na qual, para ele, a chama da arte brilha com maior intensidade? Pois bem, é exatamente este! (James, 2001, p. 119).

Vereker instaura aqui um mistério: há um "truquezinho" em sua obra que ninguém consegue entender. De "truquezinho" passa a nomear esse "algo" como "esquema requintado"; também a um "modo de execução" que o satisfaz mais gratamente na vida.

Diante dessa "revelação", o jovem pede que se ajude os críticos. A resposta é: "ajuda-los? Que outra coisa tenho feito em cada linha que escrevo? Bradei minha intenção no carão atônito deles!" (James, 2001, p. 120). Instaura-se aqui uma espécie de obrigação do crítico: ser iniciado ao mistério de "algo". Aliás, "algo" que Vereker descreve nesses termos:

> para mim, é tão palpável como o mármore dessa chaminé. De mais a mais, o crítico não é absolutamente um homem comum: se fosse, diga-me, o que estaria fazendo na horta do vizinho? Você mesmo é tudo menos um homem comum, e a própria *raison d'*être [razão de ser] de todos vocês é que são uns demoniozinhos de sutileza. Se meu grande tema é um segredo, é simplesmente porque virou um segredo sem querer: um resultado surpreendente o tornou assim. Eu não somente nunca tomei a menor precaução para conservá-lo secreto como também nunca sonhei com uma contingência dessas. Se tivesse sonhado, eu, de antemão, não teria tido a coragem de continuar. Acontece que só tomei consciência do fato aos poucos, e nesse ínterim, eu tinha produzido meu trabalho (James, 2001, pp. 120-121).

E eis que nesse momento uma fala do escritor desperta algo no crítico. Vereker afirma: "vivo praticamente para ver se será descoberto algum dia" (James, 2001, p. 121). É nesse momento, complementando que esse segredo jamais será descoberto, que o nosso crítico diz: "o senhor me estimula como nunca fui estimulado antes. Faz-me sentir determinado a vencer ou morrer" (James, 2001, p. 121). É diante dessa fala, que se instaura um "segredo", um desafio a ser descoberto, que podemos pensar o ato performativo – uma fala que instaura uma realidade; uma fala que instaura um segredo e uma promessa de descoberta; um desafio de vida e morte para a personagem – tal como havia dito Agamben quando propõe que o ato performativo deve ser lido como uma promessa.

Aqui já se tem instaurado algumas prerrogativas de Austin sobre o ato performativo. Trata-se de uma fala intencional sincera com a presença de outro participante que também cumpre o procedimento. A personagem aceita o novo estado de coisas e o aceita de forma voluntária e intencional. Faltam ainda testemunhas, algo que logo terá preenchido o "requisito". Cumpre também o que Agamben observa sobre a ideia de promessa.

Vale ainda ressaltar que essa instauração de uma realidade difere do que Sigmund Freud, ao menos em 1907, reflete sobre a fantasia. Freud compara a fantasia ao brincar infantil. Tanto um como outro se baseiam na realidade. Afirma Freud em *O escritor e a fantasia*: "o escritor faz o mesmo que a criança ao brincar; constrói um mundo de fantasia que leva bastante a sério, ou seja, dota de grandes montantes de afeto, ao mesmo tempo que o separa claramente da realidade" (Freud, 2015, p. 327). Não é exatamente se afastar da realidade que se trata no ato performativo. A novidade da ideia de Austin é dizer que há uma *instauração* de um novo estado de coisas. Ou seja, não deixa de ser uma fantasia, tal como diria Freud, mas está para além de uma separação da realidade, um brincar – é a criação de algo que vale como real (independentemente de sua origem: se foi imaginada, baseada, fantasiada, etc. – o fato é que existe esse novo estado de coisas, como um casamento).

Já instaurada essa nova realidade, a nossa personagem pede pistas. Ouve-se essa resposta:

> toda a minha lúcida produção fornece essa pista... Cada página, cada linha, cada letra. A coisa é tão concreta como um pássaro numa gaiola, uma isca no anzol, um pedaço de queijo numa ratoeira. Está enfiada em cada volume como seu pé está enfiado em seu sapato. Dirige todas as linhas, escolhe todas as palavras, põe os pingos em todos os is, coloca todas as vírgulas (James, 2001, p. 122).

Uma realidade concreta, com promessa de complementariedade (o segredo na obra, como o sapato no pé – algo que coloca os pingos nos is), mas um segredo (algo que é posto de forma concreta, mas que só poucos conseguem ver) – um segredo que é também dito como uma "escolha"; "intenção geral"; "espécie de tesouro escondido"; "alegria da sua vida"; "a coisa mais linda do mundo". Um segredo que instaura uma realidade que, ao mesmo tempo, se anuncia de forma negativa – Vereker instaura o segredo e diz ao seu crítico: "desista, desista!" (James, 2001, p. 124) – como se se tratasse de algo inalcançável a ele. Eis como esse segredo agora passa a ser algo que deve ser descoberto obsessivamente – começa a ser o sentido da própria existência da nossa personagem:

> não era uma provocação; era um conselho paternal. Se eu pudesse ter em mãos um de seus livros, teria repetido meu ato de fé recente; teria passado metade da noite com ele. Às três horas da madrugada, não conseguindo dormir, e além do mais lembrando-me do quanto ele era indispensável para Lady Jane, esgueirei-me em direção à biblioteca com uma vela na mão. Segundo pude constatar, não havia na casa uma linha sequer de seus escritos (James, 2001, p. 124).

Doravante, há uma nova realidade instaurada para nossa personagem: a busca de um segredo. É preciso reler todo o trabalho de Vereker; é preciso encontrar o que ele não tinha percebido – simplesmente, todo o sentido da obra; sua intenção geral. Corvick tinha tido razão em seu conselho.

Mas o trabalho parece ingrato. Leu e releu a obra do escritor. Sua obsessão em encontrar algo nos livros de Vereker o desanima momentaneamente: "o tesouro escondido era uma piada de mau gosto, e a intenção, uma afetação monstruosa" (James, 2001, p. 125). Teria realmente um segredo? Como saber disso senão tentando desvendar a possibilidade de haver um segredo? Uma tarefa "cruel", pois não se sabe ao certo o que se busca, a não ser que se trata de um segredo. Seria muito mais fácil se Vereker tivesse dito qual era esse segredo – mas seria um segredo se fosse anunciado?

Desanimado com sua tarefa que lhe parece ao mesmo tempo uma obrigação, nossa personagem conta em detalhes o ocorrido ao amigo Corvick. Dessa conversa, observa: "(...) o que tinha me ocorrido e minha informação", diz a personagem, "teve um enorme efeito sobre ele [Corvick]" (James, 2001, p. 125).

Corvick é também central nesse conto. Ele deseja casar-se com a escritora Gwendolen Erme. Mas por um descontentamento familiar, o casamento é adiado até que a mãe de Erme faleça. Corvick já tinha aconselhado nossa personagem a buscar "compreender" o autor. Agora ouve e exige que se descreva aquela conversa com Vereker de forma minuciosa, detalhada, sem que omita nada. A seu ver, recebe uma confirmação: existe sim um segredo tal como desconfiava. Afinal, "o que Vereker me havia mencionado [diz a personagem] era exatamente o que ele, Corvick, queria que eu tivesse comentado em minha resenha" (James,

2001, p. 125). Eis que é instaurada uma realidade também para Corvick: o segredo da obra de Vereker. Aliás, "um segredo" que não poderia ser desvendado por "qualquer um" nas palavras de Corvick.

Obviamente que Corvick "correu" para contar à Erme sobre o caso (uma escritora como ela também ficaria entusiasmada com o esse segredo). O tal do segredo passa agora a ser partilhado, contra à vontade do próprio Vereker que tenta prevenir a personagem de espalhar "a notícia", mas uma prevenção "fora de tempo", pois o segredo já havia sido "espalhado".

O jovem tem agora que retratar sua "língua solta" a Vereker. Surpreendentemente, Vereker não se aborrece ao saber que o "segredo" foi partilhado e insiste que "desistam" (agora no plural) dessa tarefa – nomeada nesse momento como uma "aventura". Mas ficamos sem entender por que Vereker envia um bilhete à personagem pedindo que guarde segredo de um segredo que ele mesmo instaurou. Para o incitar mais? Para dizer que o segredo é real e muito sério? E por que ele não revela o segredo? Por que não cabe a meros críticos saberem da realidade de sua obra?

A trama está montada. A personagem soube de algo que não se podia saber: que há um segredo. A personagem confirma a desconfiança de seu amigo que deveria haver um segredo. O amigo se empolga para saber do tal segredo que não pode ser contado. A futura mulher do amigo da personagem, ela também escritora, fica empolgada por saber que há um segredo. Doravante, o mundo da personagem (tanto seu "mundo interno" como o "mundo a seu redor") está em torno de um segredo. E pior, quem instaura esse segredo afirma não poder dizê-lo; diz que desistam de tentar desvendá-lo; mas diz, ao mesmo tempo, que é algo óbvio, concreto, e, ao mesmo tempo, inacessível. Corvick, por sua vez, diz que "é somente para alguns" – como se a realidade e concretude do segredo só fosse acessível a quem pode ter acesso à segredos... a alguma realidade que não é partilhável na verificabilidade da vida comum. Dizendo na linguagem de Austin: essa realidade só é válida para aqueles que se comprometem, testemunham e colocam fé de forma intencional na realidade desse estado de coisas.

Ao advertir Corvick para não espalhar ainda mais o segredo, este lhe diz que se tratava de algo que doravante iria o "absorver" (vai estar absorvido pelo segredo – como se um e outro fossem da mesma substância) – algo "precioso demais" para ser compartilhado. E o fato de Corvick se animar tanto em desvendar o tal segredo desagradava nosso jovem:

> (...) o que provavelmente aconteceu é que me sentia humilhado de ver outras pessoas divertindo-se intensamente [Corvick e Erme] com uma experiência que só me trouxera dissabores [uma obsessão por algo que não consegue desvendar]. Eu estava do lado de fora, no frio, enquanto eles, ao pé do fogo, à luz de velas, perseguiam a caça para a qual eu mesmo soara a trombeta (James, 2001, p. 130).

Não só tinha obsessão para saber o segredo, como tinha desistido de tentar desvendá-lo e sentia inveja que outras pessoas, talvez, conseguissem sabê-lo. E usava desculpas para se convencer: "(...) a intenção secreta do pobre Vereker forneceu-lhes ocasiões sem fim para colocar e manter suas jovens cabeças unidas" (James, 2001, p. 130). Ou seja, a desculpa é que, no fundo, se tratava de uma tarefa em comum que os unissem e não de fato a busca do "tesouro".

Mas Corvick dizia estar apaixonado pelo segredo e que não tinha pressa para o desvendar. Dizia que o tempo só fazia o fascínio aumentar... Nossa personagem, por sua vez, parece tentar dissuadir Corvick:

> não se podia compará-lo [o segredo], como lhe disse

> [a Corvick], a não ser com aqueles maníacos que abraçam alguma teoria doida sobre a identidade secreta de Shakespeare. A isso ele retrucou que se tivéssemos tido a palavra do próprio Shakespeare de que sua identidade era secreta, ele a teria aceito imediatamente. O caso aqui era completamente diferente: não tínhamos nada a não ser a palavra do Mr. Brincalhão [Vereker] (James, 2001, p. 131).

A fala da personagem em nada nos convence de que ele não gostaria também de saber o segredo. Ele mesmo confessa em várias passagens que vivia em um estado de inquietação e de esperança (em outras palavras, um conflito). Talvez na esperança principalmente de que Corvick conseguisse desvendar o segredo e que este lhe contasse qual era.

O mais curioso é que Corvick não tinha a intenção de conhecer Vereker senão depois de desvendado o segredo. Pedir para ele qualquer dica seria "quebrar a regra" do jogo... Era preciso descobrir o segredo com as peças da obra e não com a fala ou "confissão" do autor. A fantasia de Corvick era ouvir essas palavras de Vereker: "Você acertou meu rapaz, dessa vez conseguiu!" (James, 2001, p. 133). Só essas palavras representariam uma conquista.

Mais de um ano se passa desde que o segredo foi instaurado. Corvick mais e mais adentra nas linhas do escritor. Já o jovem perdera o gosto pela leitura da obra de Vereker assim como de sua pessoa, por ter sido um "brincalhão", "cruel", por instaurar algo indecifrável na sua mente. Evitava agora qualquer possibilidade de encontrar o escritor.

Mais seis meses se passam e Corvick recebe uma proposta de trabalhar fora de Londres (na Índia, como correspondente especial do jornal). Corvick afirma que não há mais compromisso de se casar com Erme. A impressão do jovem crítico é que Corvick teria finalmente desistido de descobrir o "tesouro escondido". Eles não trocavam uma palavra sobre o assunto há algum tempo no trabalho. E eis a reflexão/fantasia de nossa personagem sobre a questão:

> (...) sua coragem [de Corvick] tinha se esgotado; sem ardor, seguira o mesmo caminho que o meu; pelo menos essa foi a exterioridade que me permitiu perscrutar. Mais do que isso ele não poderia fazer; não seria capaz de encarar o ar de triunfo com o qual eu teria acolhido uma confissão explícita. Ele não precisava ter tido esse receio, pobre coitado, pois a essa altura eu havia perdido toda necessidade de vangloriar-me. Na verdade, achei que fui magnânimo não censurando-o por seu malogro, pois a ideia de ele ter renunciado ao jogo me fez sentir mais do que nunca o quanto eu afinal dependia dele. Se Corvick fracassasse eu nunca ficaria sabendo; ninguém mais conseguiria nada se ele, Corvick, não conseguisse. Não era absolutamente verdade que eu tivesse cessado de interessar-me pelo assunto; pouco a pouco, minha curiosidade não apenas havia começado a doer novamente como se tornara o tormento habitual dos meus dias e das minhas noites. Indiscutivelmente, há pessoas para quem tormentos dessa ordem parecem menos naturais do que as contorções de dor de uma enfermidade; mas afinal de contas, não sei porque deveria sequer mencioná-las a esse propósito. De qualquer maneira, para as poucas pessoas, anormais ou não, com as quais minha história se ocupa, a literatura é um jogo de habilidades, e habilidade significa coragem, e coragem significa honra, e honra significa paixão, vida. O prêmio em consideração tinha um sentido especial e a roleta eram nossas mentes a girar, mas sentávamo-nos em volta do pano verde tão atentamente quanto os soturnos jogadores de Monte Carlo (James, 2001, pp. 135-136).

Há uma confissão: ele não parou de pensar sobre o segredo; há uma espécie de "alívio": ao menos ninguém vai desvendá-lo! (nem mesmo Corvick); há também uma forma de conclusão lógica: então foi de fato um malogro, pois se trata de um jogo "de habilidades" próprio da literatura, algo próprio da ficção, mesmo que esse jogo seja apaixonante.

Contra a expectativa da personagem, Erme lhe envia um telegrama que o faz ir imediatamente ao seu encontro e a receber a notícia: "Ele descobriu, ele descobriu!" (James, 2001, p. 136). Mas a mensagem de Corvick não passava disso: "Eureka! Imensa!". Sabia-se ou supunha-se que se sabia que o segredo havia sido, finalmente, posto a nu. E aqui se desvenda a viagem de Corvick: ele precisava de um tempo afastado dos livros de Vereker, da rotina, da sua obsessão diária, para então conseguir desvendar o segredo. Era preciso "(...) a diferença de pensamento, de cenário" para que ocorresse "o toque mágico" diz Erme. Melhor: "o desenho do tapete apareceu" (James, 2001, p. 137).

O segredo agora está supostamente posto às claras. Mas Corvick não o revelou ainda. Na troca de telegramas, afirma que precisa primeiro submeter sua ideia à "autoridade suprema" – Vereker, obviamente. Era preciso "ouvir" aquelas palavras...

A obsessão da personagem apenas muda de foco. Ainda em torno do segredo, não mais para desvendá-lo, pois supostamente já tinha o sido, mas para ouvir o segredo. Corvick reluta em dizê-lo em carta; em dizê-lo sem antes confirmar com Vereker. É como se Corvick agora fosse o "guardião" do segredo. Não adiantava a insistência... Nossa personagem deveria ter paciência – tudo seria revelado na sua "devida hora".

Entretanto, Corvick vai ficando cada vez mais misterioso com a "posse" do segredo. Diz ainda por telegrama que só contará o segredo depois de se casar com Erme... O empecilho era agora a mãe de Erme: estava enferma, mas enquanto respirava, não podiam se casar.

Surge outro contratempo – mais um empecilho que separa nosso personagem do desvelamento do segredo. Foi preciso viajar para a Alemanha para cuidar de seu irmão que estava doente. Mais outro: Corvick o comunica que tinha reconstituído o desenho do tapete

> (...) em todas as sua convoluções e o reproduziria em todos os seus matizes. O resultado, segundo meu amigo, seria o maior retrato literário jamais pintado, e o que ele me pedia era exatamente que fosse bem bonzinho e não o perturbasse com perguntas até que ele pendurasse sua obra-prima diante de mim. Ele deu-me a honra de declarar que, pondo de lado o eminente modelo, pairando nas alturas em sua indiferença, eu era individualmente o especialista a quem seu trabalho mais se dirigia. Eu tinha então que me comportar como um bom menino e não tentar olhar por baixo da cortina antes do espetáculo começar; eu o apreciaria muito mais se esperasse sentado, bem quietinho (James, 2001, p. 144).

Em outras palavras, ele não iria contar em voz alta, seria preciso ler o segredo – e, de fato, um segredo não se diz em voz alta...

Mas a promessa estava feita – o segredo seria revelado. Fica ainda mais próximo de ser desvendado o mistério quando a personagem recebe a notícia de que a mãe de Erme havia falecido – nada mais impedia o casamento de Corvick e Erme e, consequentemente, de se revelar o segredo como prometido.

Tudo parece caminhar para, afinal, se desvelar toda a malha do "desenho do tapete". Mas... algo inesperado acontece. Comemorando a sua lua-de-mel, imprudentemente, Corvick aluga um veículo que não sabia conduzir e morre num acidente. Morre com ele o segredo? Ou haveria a esperança de ele ter contado a Erme que se salvara no acidente? Ou ele teria deixado escrito o que tinha descoberto?

Erme revela à personagem que Corvick havia escrito apenas algumas páginas iniciais – páginas admiráveis e promissoras, mas que nada revelava. Mas ela tinha escutado de Corvick o segredo? Ou seja, haveria agora outro "guardião" do segredo?

Sim. De fato, ela era agora a guardiã do segredo. Mas é assim que ela anuncia sua posse à personagem: "Eu ouvi tudo e não pretendo contar nada a ninguém!" (James, 2001, p. 146). Destino cruel do segredo... em posse de alguém que não o quer partilhar! Logo ela, que sabia o quanto ele gostaria de saber do segredo; logo ela, que partilhou de momentos de aflições juntamente com a personagem pela espera de Corvick para saber o que não se pode saber!

Mas talvez essa decisão seja momentânea. Um "contrapeso à dor" pensa a personagem: "(...) nunca me teria ocorrido, além do mais, supor que ela viesse a ter a ideia de que a posse de uma informação técnica, de um fragmento de experiência literária, poderia servir de contrapeso à sua dor" (James, 2001, p. 147). Eis como tenta se convencer de que não se trata de "nada demais": apenas uma informação técnica! Mas confessa: "sem dúvida aquela ressalva causou-me algum abalo; sem dúvida quanto mais pensava nela, mais ela me intrigava, mesmo quando eu tentava explica-la atribuindo-a a sentimentos exaltados, escrúpulos supersticiosos, a algum requinte de lealdade" (James, 2001, p. 147).

Ao invés de morrer o segredo, "(...) ela [Erme] aumentava enormemente o preço do segredo de Vereker, por mais precioso que mistério já parecesse" (James, 2001, p. 147). E daí essa confissão que mostra como o segredo, de fato, instaurou uma realidade: "devo também confessar humildemente que a inesperada atitude de Mrs. Corvick foi a última martelada no prego que deveria prender firmemente a minha infeliz fantasia, convertendo-a na obsessão da qual tenho eterna consciência" (James, 2001, pp. 147-148). Uma fala que nos mostra concretamente o que é um ato performativo. E mais, confirma minha tese de que o ato performativo é a instauração de uma fantasia. Ao instaurar uma realidade, Vereker cria uma ficção que vale como se fosse verdade. Instaura uma ficção, aliás, que é partilhável e que passa a ordenar o critério de verdade desses sujeitos. E se me permitem, gostaria de ir além: há aqui uma espécie de *servidão voluntária*, como diria Étienne de La Boétie, a um ato performativo. Para se instaurar uma realidade é preciso que outros sujeitos compartilhem voluntariamente essa realidade...

O que resta à personagem são especulações: "será que o desenho do tapete só poderia ser percebido e descrito por maridos e suas mulheres – por amantes unidos pelo laço supremo?" (James, 2001, p. 148). Seria uma espécie de "sacrifício"? Deve-se casar para saber? Seria esse o preço? Diz nossa personagem: "Ah, esse caminho conduz à loucura" (James, 2001, p. 148). O preço é uma servidão voluntária para se ter acesso a tal segredo... Primeiro, uma servidão por partilhar de sua realidade; segundo, uma outra servidão para partilhar o conteúdo desse segredo.

A personagem não desiste de tentar saber o que Erme sabia. Mas ela está convicta em guardá-lo para si, mesmo depois de meses que Corvick faleceu, "ela me dera a entender com insistência que estava impossibilitada de falar por sua obstinação, sua lealdade", reflete, "que nunca quebraria o silêncio, que não fora dado à 'pessoa certa' – como dizia – para que o quebrasse" (James, 2001, pp. 148-149). Ou seja, trata-se de um "voto" de confiança a passagem do segredo para frente.

Acreditar que existe um segredo é a instauração de uma realidade em que se crê voluntariamente. Partilhar desse segredo é a submissão também voluntária à um voto de lealdade... Nossa personagem, entretanto, não tem com quem se submeter, senão implorar por saber o que não se pode saber. Eis o clímax do conto de Henry James – trata-se de uma última e desesperada tentativa de arrancar o mistério da boca de Erme:

> – Mas afinal o que é, realmente? [pergunta nossa personagem a Erme]. Ela fez um longo, demorado e silencioso maneio com a cabeça, generoso apenas pelo fato de ser inarticulado. Essa generosidade não a impediu de me tirar o maior, o mais agudo e o mais desanimador "Nunca!" que já recebera no decorrer de uma vida que conhecera inúmeras rejeições, e tive que recebê-lo em plena cara. Recebi-o e senti que com o duro golpe meus olhos se encheram de lágrimas. Então, por alguns instantes, permanecemos sentados olhando-nos mutuamente; em seguida, levantei-me em silêncio. Eu estava imaginando se ela me aceitaria algum dia; mas não foi isso que expressei em palavras. Eu disse enquanto alisava meu chapéu: – Já sei o que pensar então. Não é nada! Uma longínqua e desdenhosa compaixão por mim formou-se em seu sorriso vago; e então ela falou com um tom de voz que ouço até agora: – É minha própria vida! Enquanto eu esperava perto da porta, ela acrescentou: – Você o insultou! – Está se referindo a Vereker [pergunta a personagem]? – Estou me referindo ao falecido! (James, 2001, p. 149).

Erme se torna a herdeira do saber do segredo e vai levar esse segredo à cova.

Vereker, depois desses acontecimentos, também falece. Parece que agora, a personagem jamais poderia ter acesso ao segredo. Mas Vereker era casado. Será que ela não saberia? Será que o novo crítico literário que "substituiu" Corvick no emprego saberia? Erme se casa posteriormente com este crítico – seu marido saberia do segredo? De qualquer modo, para o jovem crítico, todos os que sabem (ou supostamente sabem) se divertem em desprezá-lo devido à sua impotência...

Erme casa e tem dois filhos. Falece no nascimento do segundo. Será que ela contou para o primeiro filho? Tem ainda a oportunidade de perguntar ao marido de Erme. Ao encontrá-lo, logo pergunta-o se sabe da tal "informação". O viúvo responde: informação? E o jovem: "o segredo de Vereker, meu caro, a intenção geral de seus livros: o fio no qual as pérolas estão enfiadas, o tesouro escondido, o desenho do tapete" (James, 2001, p. 156). Sem entender do que se tratava, o crítico obsessivamente confessa:

> Mrs. Deane sabia [agora o sobrenome da falecida Erme, que teve também o sobrenome Corvick]. Ela obteve a informação como disse, diretamente de Corvick, que, por sua vez, depois de uma busca infinita e para a alegria do próprio Vereker, descobrira a verdadeira entrada da caverna [como no mito da caverna de Platão? – em que se encontra a Luz?]. Onde fica essa entrada? Depois de casados ele contou, e contou unicamente à pessoa que, quando as circunstâncias foram reproduzidas, deve ter contado a você também. Estou errado em supor que ela o fez participar, como um dos mais altos privilégios da relação que tinha com ela, do segredo do qual era a única depositária depois da morte de Corvick? Tudo que eu realmente sei é que esse segredo é infinitamente precioso, e o que quero que compreenda é que se, por sua vez, me

> fizer participar dele, far-me-á uma gentileza pela qual serei eternamente agradecido (James, 2001, p. 156).

Como ele não sabe que existe um segredo? Ele não se submeteu a essa realidade tão "óbvia"? Então ele provavelmente não era merecedor de tal "honra"! – "Achei uma explicação, refletindo que ela não poderia de forma alguma ter-se casado com ele por seu intelecto. Ela se casara com ele por alguma outra razão" (James, 2001, p. 157).

Mas se ele não sabia, ele deveria saber! Cabe à nossa personagem passar adiante o segredo e partilhar desse estado de coisas instaurado por Vereker:

> levei-o até um sofá, acendi outro charuto e, começando com a história da única descida de Vereker das nuvens, narrei-lhe a extraordinária cadeia de eventos que, apesar do clarão inicial, havia-me deixado no escuro até aquele momento. Em suma, contei-lhe exatamente o que escrevi aqui. Ele ouviu com profunda atenção e percebi, para minha surpresa, por suas exclamações, suas perguntas, que afinal ele não teria sido indigno de merecer a confiança de sua mulher. O conhecimento tão abrupto de sua falta de confiança teve um efeito perturbador sobre ele; mas eu vi o choque instantâneo ir deixando de doer pouco a pouco e então avolumar-se novamente em ondas de espanto e curiosidade – ondas que prometiam, eu podia perfeitamente avaliar, arrebentar no final ao encontro da fúria das minhas mais altas marés. Hoje posso afirmar que como vítimas de um insaciável desejo não há muita diferença entre nós dois. O estado do pobre homem é quase um consolo para mim; há momentos realmente em que me sinto completamente vingado (James, 2001, p. 158).

Henry James nos mostra como a instauração de uma realidade pode enlouquecer uma pessoa pelo simples fato de ter acreditado e partilhado dessa realidade – como se essa realidade fosse verdade. É como se o sujeito se submetesse a essa realidade – uma servidão voluntária. Mas, de fato, era uma verdade, mas uma verdade, como diria Jacques Lacan (*cf.* 1986, p. 21), estruturada como uma ficção – um capítulo à parte que desenvolvo em outro lugar.

Bibliografia

AGAMBEN, Giorgio. *O sacramento da linguagem – Arqueologia do juramento (Homo Sacer II, 3)*. Trad. Selvino José Assmann. Belo Horizonte: Editora UFMG, 2011.

AUSTIN, John Langshaw. *How to do things with words*. London: Oxford University Press, 1962.

FREUD, Sigmund. "O escritor e a fantasia". In: *O delírio e os sonhos na* Gradiva, *Análise da fobia de um garoto de cinco anos e Outros textos (1906-1909) – volume 8*. Trad. Paulo César de Souza. São Paulo: Companhia das Letras, 2015, pp. 325-338.

JAMES, Henry. "O desenho do tapete". In: *A vida privada e outras histórias*. Trad. Onédia Célia Pereira de Queiroz. São Paulo: Nova Alexandria, 2001, pp. 107-158.

LA BOÉTIE, Étienne. *Discurso da servidão voluntária*. Trad. Casemiro Linarth. São Paulo: Martin Claret, 2009.

LACAN, Jacques. *Le Séminaire VII – L'Ethique de la Psychanalyse (1959-1960)*. Paris: Seuil, 1986.

Relendo *O processo*

de Kafka como a manifestação de uma patologia social

(Uma primeira versão desse ensaio foi publicado na Revista de Filosofia Moderna e Contemporânea (v. 6, n. 2, dez 2018, pp. 153-180) com o mesmo título)

Édipo é uma figura marcante na história do pensamento. A peça Édipo Rei de Sófocles mostra como Édipo é culpado de algo e segue seu destino – o de ser culpado por algo que ele nem mesmo sabia. Esse é o trágico em Édipo: ser culpado sem saber. Aliás, sem que haja uma acusação formal – é-se culpado; e paga-se o preço dessa culpa: um destino a se cumprir. Não por acaso, em vários momentos, Sigmund Freud destaca como a figura de Édipo é comparável com uma questão bíblica: todos somos culpados desde o pecado original e paga-se o preço dessa culpa.

Giorgio Agamben afirma em um texto intitulado *Comédia* (em *Categorias italianas,* 1996) que "a pessoa é a 'máscara' que a criatura assume e abandona nas mãos do direito para purificar-se" (Agamben, 2014, p. 42). Ou seja, o processo teria uma função de purificação (para livrar o sujeito de sua culpa). Agamben afirma também (já no texto denominado *Nudez* (2009)), que "a pessoa (tanto nas suas vestes trágicas como nas cômicas) é também a portadora da culpa e a ética que [essa] implica é necessariamente ascética, porque fundada numa cisão (entre o indivíduo e a sua máscara, entre a pessoa ética e a jurídica)" (Agamben, 2010, p. 68). Esse ensaio busca mostrar que Joseph K. – personagem central da obra de Kafka – seria este sujeito portador de ética ascética.

É certo que no texto de Agamben, *Comédia*, não há uma referência a *O processo* de Kafka. Sua preocupação é com a literatura e a cultura italiana, mais especificamente com Dante Alighieri. Mas ao analisar Kafka em seu texto *K.*, Agamben diz explicitamente que o universo de *O processo* é cômico, e não trágico (*cf.* Agamben, 2010, p. 32). Guardando a distância entre o trabalho de Dante e Kafka (e a distância temporal), não é "descabido" pensar a ideia de cômico tal como havia definido anos antes nas *Categorias italianas*.

O processo é uma obra que descreve como K. acorda um dia sem qualquer aviso prévio sendo acusado de algo que não pode ser dito e que ele deve acatar. Trata-se de um processo que K. não tinha notícia nem mesmo dos representantes da justiça. A questão é como ele assume seu "caso": em uma forma de autocalúnia como sugere Agamben, ou, como pretendo mostrar, em um processo de passagem da dúvida à crença (como ficará detalhado mais à frente acompanhando o próprio desenrolar da obra de Kafka: a capacidade de o sujeito duvidar da correspondência da fala/ do anúncio do processo com a realidade, para uma completa crença no processo sem que seja necessário encontrar uma correspondência ou não com essa realidade). Mais especificamente: é K. que chama para si uma culpa ou é a sociedade que a impõe a ele?

Mas quem seria esse personagem? O que significaria esse sobrenome K.?

Agamben diz em um texto denominado *K.* (em *Nudez*, 2009) que K. está associado à calúnia – algo vindo do direito romano: *Kalumniator* – aquele que calunia:

> que a calúnia represente a chave do romance – e, talvez, de todo o universo kafkiano, tão potentemente marcado pelas potências míticas do direito – torna-se, contudo, ainda mais esclarecedor se observarmos que, a partir do momento em que a letra K. não substitui simplesmente *kalumnia*, mas em se refere ao *kalumniator*, isto é, ao falso acusador, tal só pode significar que o falso acusador é o próprio protagonista do romance, o qual, por assim dizer, intentou um processo calunioso contra si próprio. O 'alguém' (*jemand*) que, com a sua calúnia, deu início ao processo, é o próprio Josef K. (Agamben, 2010, pp. 31-32).

A calúnia seria a chave do romance que, aliás, descreveria nossa sociedade, uma vez que Agamben afirma que "cada homem intenta um processo calunioso contra si próprio" (Agamben, 2010, p. 32). A calúnia séria a chave de interpretação do texto *desde a primeira linha da obra de Kafka.* Ou seja, o processo só existe porque K. acusa a si mesmo e reconhece a acusação sem saber do que é acusado – ele faria uma autocalúnia: se auto acusa de algo (como veremos). Afinal, o tribunal, nesse processo, não o acusa realmente, mas simplesmente acolhe a acusação que ele faz de si mesmo. Será?

Quem é K.?

Em uma passagem em que K. conhece um personagem que se identifica como "o comerciante Block", ele pergunta ao tal comerciante: "é esse mesmo o seu nome – perguntou K. – Certamente – foi a resposta. – Por que o senhor duvida? – Pensei que pudesse ter motivo para silenciar o seu nome – disse K." (Kafka, 1997, p. 204). Por indução, podemos pensar que K. é o silêncio de alguém que não pode anunciar a si (porque era essa a desconfiança de K. com o comerciante). Não se trata exatamente de um anonimato. Em alemão, a letra "k" é o que se usa para integrar o artigo indefinido ("kein") que nega os nomes que vêm após ele. K. é um sujeito determinado: Joseph. Mas esse Joseph tem como sobrenome o K. que tem essa possibilidade de negar o determinado (o nome)[2]. Por outro lado, Agamben diz que K. vem de *Kalumniator* (como visto na citação acima). Penso que é mais plausível que K. seja *aquele que poderia negar* os outros personagens (quem poderia colocar todos em dúvida). Não se trata somente de uma especulação – essa outra possibilidade de leitura pode nos levar a repensar a obra de Kafka e como ela representa o que poderíamos denominar patologia social, como definirei à frente.

Poderíamos colocar em outros termos: o que está em jogo aqui é uma tragédia ou uma comédia? Mais especificamente: de algo que é um destino ou um acontecimento de redenção (ser redimido pela lei)?

---

2 Devo essa observação à minha amiga Paula Alves Martins de Araújo.

A sugestão de Agamben é que se trata de uma comédia. No texto *K.*, ele afirma:

> cada homem intenta um processo calunioso contra si próprio. É este o ponto de partida de Kafka. Por isso o seu universo não pode ser trágico, mas somente cómico: a culpa não existe – ou, antes, a única culpa é a autocalúnia, que consiste no acusar-se de uma culpa inexistente (isto é, da sua própria inocência, e é este o gesto cômico por excelência) (Agamben, 2010, pp. 32-33).

Mas o que se entende aqui por trágico e cômico?

Há um subcapítulo no texto *Comédia* que Agamben nomeia *Culpa trágica e culpa cômica*. A culpa, segundo seu estudo, estaria ligada ao destino final do sujeito em sua vida: o homem acaba se salvando ou há uma danação? Que se perceba que, de todo modo, há uma culpa. A questão é se ele se salva ou se dana. No cômico o sujeito aparece como culpado ou inocente perante a justiça divina; na tragédia se culpa um sujeito sem que haja redenção. De uma forma geral: "(...) *a tragédia aparece como a culpabilização do justo e a comédia como a justificação do culpado*" (Agamben, 2014, p. 26).

O que se toma como trágico fica mais interessante se levarmos em conta o pecado natural (bíblico, por exemplo) e o pecado pessoal (aquilo que cada um faz). Ou seja, haveria um pecado que nós herdamos simplesmente por sermos homens (algo independente de nossa vontade, como a vergonha da própria nudez); também o pecado que vem de nossa responsabilidade pessoal. De qualquer modo, o sujeito é "aparentemente" inocente e depois culpado, seja pelos seus atos, e/ou por ter nascido com essa culpa. Por outro lado, a análise de Agamben sobre Dante, nos mostra como no cômico há uma passagem de um início horrível, como a entrada no inferno na *Divina comédia*, e a ascensão até o céu – de culpado a inocente (e não da "inocência" à culpa, tal como Édipo).

Eis a conclusão de Agamben: "a contraposição entre o personagem 'cômico' Dante, que se purifica da culpa pessoal mostrando até o fim a sua vergonha, e Édipo, o herói trágico que, enquanto *pessoalmente* inocente, não pode nem confessar sua culpa nem aceitar a vergonha, não poderia ser mais clara" (Agamben, 2014, p. 36). Assim, guardando a diferença com a obra de Dante, mas levando em conta que Agamben afirma que *O processo* de Kafka é uma obra cômica, podemos pensar que a pessoa se purifica, afinal, mesmo que seja sob o julgo do direito – um romance que mostra como, na modernidade, é o edifício jurídico que purifica a pessoa.

Minha questão é: a situação de K. é de fato cômica?

Agamben diz no texto *K.*:

> só há calúnia, com efeito, se o acusador estiver convencido da inocência do acusado, se acusar sem que haja uma culpa a demonstrar. No caso da autocalunia, esta convicção torna-se ao mesmo tempo necessária e impossível. O acusado, na medida em que se autocalunia, sabe perfeitamente estar inocente, mas, na medida em que se acusa, sabe igualmente bem ser culpado de calúnia, merecer o seu labéu. Tal é a situação kafkiana por excelência. Mas porque é que K. – porque é que cada homem – se autocalunia, se acusa falsamente? (Agamben, 2010, p. 33).

Que se veja: o que era uma simples interpretação de uma obra se torna a referência para se pensar *cada homem*... Eis porque me volto a esse tema – Agamben generaliza a sua interpretação desse processo para se pensar o homem em geral: "K. (cada homem) autocalunia-se para se subtrair à lei, à acusação que aquela parece inexoravelmente dirigir-lhe e à qual não é possível fugir (...)" (Agamben, 2010, p. 41).

Fazer com que o sujeito se sinta culpado – eis a força da lei segundo Agamben: "a estratégia da lei consiste em fazer o acusado crer que a acusação (a porta) lhe é destinada (talvez) a ele precisamente, que o tribunal exige dele (talvez) alguma coisa, que está (talvez) em curso um processo que lhe diz respeito" (Agamben, 2010, p. 42). Esses "talvez" de Agamben me permite pensar de outra forma. É certo que, seguindo Agamben, por não haver uma acusação real, nem mesmo uma representação da lei senão por alusões (pois nenhum juiz é de fato anunciado), o que haveria seria somente uma autopunição em que o sujeito acusa a si mesmo e se deixa capturar pela lei. Afinal, se se deixa morrer por algo que nem anuncia seu nome, porque a porta da lei não prescreve nada. Entretanto, quero destacar mais uma força que vigora como lei e te pune sem que haja de fato um processo que se passa como imaginário e em que todos acreditam e sabem sobre ele. Diria, por isso, que se trata de uma loucura social que se instaura e nos in-forma (coloca-nos na forma de).

Portanto, a interpretação de Agamben sobre esse caso, desse processo de K., traz consequências. Afinal, ele diz que *cada homem* (ou seja, abstraindo-se da obra de Kafka) se autocalunia. Seria isso verdade? É isso que de fato ocorre? Os homens se acusam falsamente?

A questão da culpa

Segundo Agamben, quem se autocalunia põe a si como causa de algo: o que está em causa/ "a coisa" em causa está sendo julgada. Colocar algo em causa por estar sendo julgado: o acusar e o se submeter à causa – como se o sujeito acusasse a si de uma culpa que não sabe qual é. Diz Kafka: "o processo calunioso é uma causa na qual nada há que esteja em causa, em que é a própria causa a ser posta em causa, isto é a acusação como tal. E onde a culpa consiste no dar início ao processo, a sentença não pode ser senão o próprio processo" (Kafka, 1997, p. 35). Sentencia-se alguém sem motivo declarado, que não é dito, que *não é anunciável* por nenhuma instância, por alguém a quem não se tem acesso, para que haja uma culpa qualquer que impere e faça com que o sujeito acredite *no que está sendo dito* à sua revelia e que, de fato, muda seu ser – sua forma-de-ser.

Ter uma forma-de-ser e ser condenado por ser dessa forma (naturalmente) – parece que não há defesa contra isso (ter uma natureza culpada, como biblicamente se é culpado desde Adão), "uma vez que o direito responde transformando em crime o próprio pôr em causa e fazendo da autocalunia o seu fundamento" (Agamben, 2010, p. 36), diz Agamben. Diz também que, quando o direito se torna uma questão metafísica, em que está em questão o próprio ser, se chega a isso: "o direito não só pronuncia a condenação no preciso momento em que reconhece o infundado da acusação, como transforma também o subterfúgio do autocaluniador na sua própria justificação eterna" (Agamben, 2010, p. 36). Na verdade, Agamben parece oscilar nesse momento, porque também diz sobre um destino trágico do homem (e não cômico): "e ainda que o homem fosse sempre inocente, se nenhum homem em geral pudesse ser declarado culpado, subsistiria sempre como pecado original a autocalunia, a acusação sem fundamento que ele dirige a si próprio" (Agamben, 2010, p. 36).

Bem, é isso que fazemos conosco? Sofre-se por que não sabemos mais qual é a acusação e porque se sente acusado de algo?

Em uma de suas conferências, mais especificamente, na conferência 21 (*O desenvolvimento da libido e as organizações sexuais* (1916)), Sigmund Freud diz:

> e compreende a voz do poeta como se lhe dissesse: 'Tu te revoltas em vão contra a tua responsabilidade, e proclamas o que fizeste contra tais intenções criminosas. Mas és, sim, culpado, pois não foste capaz de aniquilá-los: eles permanecem ainda, inconscientes, dentro de ti'. E aí está a verdade psicológica. Ainda que o homem reprima seus impulsos maus, banindo-os para o inconsciente, e queira então dizer que não é responsável por eles, ele é obrigado a sentir essa responsabilidade na forma de um sentimento de culpa cujo fundamento desconhece (Freud, 2014a, pp. 440-441).

Que culpa é essa? Trata-se de algo que se fez e se arrepende? Uma culpa por ter desejado algo que socialmente não é bem-vindo?

O trágico em Freud é que o homem tem um destino e o realiza culpando a si – um destino porque foi estruturado, socialmente, a agir de tal forma: a ser culpado. Mas Freud indica que a culpa vem de algum desejo reprimido socialmente – eis o preço de sermos seres sociais. Mas e se não houve nem mesmo um desejo que pudesse ser reprimido? E se a culpa for instaurada sem nem mesmo desejarmos algo objetivamente? E se somos julgados por algo que nem sabemos o que é?

Franz Kafka parece sugerir isso em sua obra *O processo*. Uma coisa é se sentir culpado por ter desejado algo (que podemos confessar); outra, por nem saber do que se trata. O trágico, num primeiro olhar, está no primeiro caso: é inevitável que, sendo um sujeito, por ser reconhecido socialmente, é-se culpado de algo; o cômico é quando sou culpado por algo sem saber do que se trata e, por isso, possível de ser redimido, uma vez que não se tem uma acusação explícita de um ato que o sujeito seria culpado – uma forma de resumir o argumento de Agamben.

Freud nos encaminha a uma ideia de confissão em muitos momentos de sua obra – durante a interpretação de uma fala parece ser necessário *confessar* que era isto que se desejou (um saber que não se sabe). Essa ideia de confissão fica ainda mais clara quando Freud, em 1925, escreve seu famoso texto *A negação*. Sobre a questão da negação, logo no começo, escreve: "negar algo num juízo é dizer, no fundo: 'Isso é algo que eu gostaria de reprimir'. O juízo negativo é o substituto intelectual da repressão, seu 'Não' é um sinal distintivo, seu certificado de origem, como '*Made in Germany*', digamos" (Freud, 2011, p. 278). No parágrafo seguinte já descreve o método analítico como uma tentativa de fazer com que o analisando confesse algo. Que se veja:

> às vezes é possível obter de forma cômoda o esclarecimento que buscamos acerca do material reprimido inconsciente. Perguntamos o seguinte: 'O que você considera o mais improvável naquela situação? O que acha que estava mais distante de sua mente então?'. Se o paciente cai na armadilha e fala aquilo em que menos pode acreditar, quase sempre está confessando a coisa certa (Freud, 2011, p. 276).

Com este tipo de passagem clássica, Freud nos diz que a confissão de nossos desejos se dá pela negativa. Ao mesmo tempo, indica como é tão desprazeroso anunciar, em voz alta, o que desejamos. O fato é que desejamos algo mesmo sem anunciar. Eis o trágico: seguimos algo que, se anunciarmos, jamais nos perdoaríamos. É o que escreve em 1915 em *A repressão*. A pergunta é de Freud: "por que deveria um impulso instintual [pulsão] sucumbir a esse destino [repressão/recalque]"? (Freud, 2010, p. 83).

Podemos nos remeter ao tema da tragédia desde Aristóteles, quando ele observa, na *Poética*, que uma tragédia é mais bela quando ela cumpre um propósito (como se o que poderia ser visto como um "acaso", no fundo, seja simplesmente o cumprimento de um destino) (*cf.* Aristóteles, 1997, p. 29). Uma boa peça trágica seria, assim, exatamente o encontro com o destino. Um destino *anunciado*.

O acaso parece aqui perder sua força, porque *seria acaso somente para alguém que não quer "ouvir" o que já se sabe*. Lembrando que *acaso* em Aristóteles é aquilo que foge do necessário. Explico-me melhor: necessário é tudo aquilo que é e só pode ser dessa forma; contingente é aquilo que é necessário que seja, mas que pode ser de uma forma ou de outra; acaso é aquilo que não é necessário que seja. Por essa perspectiva, o trágico, talvez, seja cumprir sem saber o que já estava escrito (algo necessário, mas contingente a forma de sua realização). O que movimenta a tragédia é que sabemos que os fatos previstos irão acontecer independentes da vontade da nossa razão consciente – morrer é uma dessas tragédias.

Por outro lado, Giorgio Agamben, uma vez, em *Profanações*, em 2005, no texto *Desejar*, meio embasbacado com isto, se questiona como é possível que algo tão humano como o desejar se passe como inconfessável. Afinal, por que esconder algo que se deseja? (Agamben, 2007, p. 49). Agamben parece aqui se questionar sobre o problema da confissão: por que é tão embaraçoso dizer o que se deseja? A resposta freudiana é certeira: há uma censura no contato entre o que se deseja e o que a consciência se permite saber. Mas o sentimento de culpa seria somente isso? Não se sabe mais do que isso?

Agamben nos lembra uma ideia de cripta: de uma imagem do que fazemos do inconfessável. E isto nos leva a uma "servidão voluntária" da consciência – uma forma de dizer que se é prisioneiro do seu próprio desejo: "é que o desejo inconfessado somos nós mesmos, para sempre prisioneiros na cripta" (Agamben, 2007, p. 49). Há aqui uma ideia de que não quero dizer o que desejo e mesmo que não sei saber dizer em palavras o que desejo. A meu ver, nada mais freudiano. Mas a ideia de *confissão* fica em suspenso, porque Freud parece também oscilar com essa ideia.

Se seguirmos Freud, poderíamos dizer que nossos desejos são inconfessáveis porque não queremos saber sobre eles. É algo estranho porque não nomeável, não colocado em jogo. Entretanto, algo que reconhecemos tacitamente diante desta tragédia como o mais *familiar*.

Voltemos à tragédia. Édipo, enfim, cumpre seu destino. Aliás, cumpre-o tentando evitá-lo. O oráculo lhe *prenuncia* o espetáculo: irás matar teu pai e casar com tua mãe. Diante desse horror, Édipo foge. Mas foge para cumprir o que disse o oráculo. E, ao perceber o que ele fez, *arranca seus olhos*, literalmente, para não ver ou *tentar* desesperadamente não ver o que já sabia de algum modo. Há aqui, portanto, uma figura trágica do destino. Isto leva Jacques Lacan, por exemplo, a afirmar em seu *Seminário VIII – A transferência* (1960-1961) que o analisando busca a análise e se depara com "(...) o tropo dos tropos, o que denominamos seu destino" (Lacan, 1991, p. 372). Para ficar nele? Para o vingar?

Sei o quanto é contestada esta questão da confissão no meio analítico, principalmente depois da crítica de Michel Foucault (em a *História da sexualidade – A vontade de saber* (1976)) ter destacado um mecanismo de poder no método interpretativo de Freud. A interpretação de Foucault pode ser contestada se lembrarmos, por exemplo, dessa passagem de

Freud (*A questão da análise leiga: diálogo com um interlocutor imparcial* (1926)) em que ele está discutindo com alguém que o acusaria por isso:

> 'entendo', diz nosso ouvinte imparcial. 'Você' supõe que todo neurótico tem algo que o oprime, um segredo, e, ao fazer com que ele o exponha, livra-o do peso e o faz sentir-se bem. Mas esse é o princípio da confissão, desde sempre utilizado pela Igreja católica para assegurar seu domínio sobre os espíritos'. Sim e não, [é a resposta de Freud a esse interlocutor imaginário] devemos responder. A confissão é parte da análise, como uma introdução, digamos. Mas está longe de constituir a essência da análise ou de explicar seu efeito. Na confissão o pecador diz o que sabe; na análise o neurótico deve dizer mais. E não temos notícia de que a confissão tenha desenvolvido a capacidade de eliminar sintomas patológicos (Freud, 2014b, pp. 132-133).

Que se veja nessa outra passagem em que Freud diz:

> (...) a situação fica intolerável quando, de repente, ele [uma pessoa qualquer] não consegue afastar a ideia de que empurrou uma criança para debaixo das rodas de um carro, de que jogou um desconhecido na água, do alto de uma ponte, ou quando chega a se perguntar se não é o homicida que a polícia busca, como autor de um crime recém-descoberto. É um evidente absurdo, ele bem sabe, nunca fez mal a ninguém; mas, ainda que fosse realmente o assassino procurado, a sensação – o sentimento de culpa – não poderia ser mais forte (Freud, 2014b, p. 128).

O fato de ter lembrado de Foucault aqui não é para confirmar ou negar a sua crítica a Freud. Foucault faz uma ligação entre poder, saber e sexualidade – uma forma de mostrar que há uma função de normalizar o homem e que ele deve confessar. Assim, falar sobre o sexo socialmente seria uma espécie de transgressão deliberada e não uma negação particular de algo. Se é assim, por que há censura? Por que há culpa?

Foucault nos mostra como não se trata somente de uma ação de intolerância coletiva em relação ao sexo, mas também uma questão judicial, médica, pedagógica etc. que exige uma elaboração teórica sobre a questão, devido a um dispositivo de controle do próprio discurso. Haveria, portanto, uma exigência confessional para que cada um se diga desejando algo muito bem claro e, por isso, de possível controle. Dito de outro modo, faz-se com que os segredos sejam, no fundo, controláveis e acessíveis ao dito (sem margem ao não-dito). A questão aqui é mais forte em relação ao poder de "analisar a formação de um certo tipo de saber sobre o sexo, em termos não de repressão ou de lei, mas de poder" (Foucault, 2005, p. 121). Não parece ser isso que está em jogo quando lemos *O processo* e ao fazermos dessa obra uma constelação para pensarmos o social.

Talvez o interesse nesta discussão é mostrar uma contra ideia a este confessionário. Com Giorgio Agamben, podemos pensar que se é culpado mesmo não desejando (ou seja, não há o que confessar). A figura central aqui é o personagem K. Entretanto, Agamben, ao invés de tratar da *tragédia*, irá tratar da *comédia*. Há, portanto, uma mudança de centro da forma de se dispor a tonalidade da qual o sujeito lida com seu próprio destino. Tento articular esta questão – e de uma forma aberta a outras leituras.

Agamben faz uma diferenciação entre autocalunia e confissão. Segundo sua leitura, o processo de K. visa que ele confesse algo e que ele faça uma autocondenação – uma acusação de si que seria *falsa* – algo somente que se diz sem ter uma crença na própria fala. Ter crença em algo não significa que esse algo seja real – significa simplesmente que você acredita nessa fala. Mas uma fala que não anuncia uma confissão de algo que se tenha realmente sentido ou vivido – uma fala que não tem a força de verificabilidade, mas simplesmente a instauração da fantasia social que se passa como real.

De fato, K. não faz uma confissão. K. não tem o que confessar em relação ao seu processo. Se tem algo estranho ao que se vê do processo de K. é o que Agamben mesmo diz sobre a confissão: "à medida que a prática da tortura se difunde, a confissão interioriza-se e, como a verdade arrancada à força pelo algoz, torna-se qualquer coisa que o sujeito é coagido pela sua consciência a declarar espontaneamente" (Agamben, 2010, p. 38) – K. não declara nada espontaneamente, porque nada daquilo parece real – se passa *como real.* Parece tudo uma loucura que ele ainda não entendeu e está sendo introduzido – introduzido à loucura que todos acreditam e ele vive a sua acusação na carne. Na verdade, nem mesmo interessa a sentença, mas a tortura do processo. *Uma tortura, porque não há nada a confessar.*

O processo de aceitação do processo

Do que K. é acusado? Por que ele está sendo detido em sua casa?

A primeira resposta (sobre o porquê de ser detido) que K. recebe é de um homem, cujo nome é Franz, junto à janela do seu quarto, que revela a ele o que está ocorrendo: "não fomos incumbidos de dizê-lo. Vá para o seu quarto e espere. O procedimento acaba de ser iniciado e o senhor ficará sabendo de tudo no devido tempo" (Kafka, 1997, p. 11). Há uma anunciação de algo aqui. De quê?

Não se pode dizer que K. está realizando uma calúnia de si neste momento, mesmo porque ele não esperava aquilo – estava de pijama e se sente incomodado por não seguir sua rotina devido a estranhos fazendo acusações que ele não tem/tinha a menor ideia do que seja. Não é K. que se autojulga neste momento, ao menos a meu ver, – ele está desorientado e é Franz que o "acalma" com essa fala: "o senhor ainda vai perceber como tudo isso é verdade" (Kafka, 1997, p. 12). A questão é que o "tudo" não é anunciado...

As primeiras reações de K. são sempre as mesmas: deseja ter clareza da situação – ele não sabe o que está acontecendo e não entende a lógica do acontecimento. Diz K. a um dos guardas: "como posso estar detido? E desse modo?"; resposta: "lá vem o senhor de novo – disse o guarda, mergulhando um pão com manteiga no potinho de mel. – Não respondemos a perguntas como esta" (Kafka, 1997, p. 14). E na insistência de K., respondem: "oh céus! – disse o guarda. – É incrível como o senhor não consegue se submeter à sua situação e parece empenhado em nos irritar inutilmente, a nós, que decerto somos neste momento os mais próximos de todos os seus semelhantes!" (Kafka, 1997, pp. 14-15).

Que se veja: K. não se submete à situação, como destaca o guarda. Ele só vai se submeter quando se convencer que todos estão envolvidos no "caso" e é só ele que ignora/ignorava a presença de um tribunal – nada de autocalúnia por enquanto.

Entretanto, os mesmos guardas dão uma dica do que está acontecendo: "aqui não há erro. Nossas autoridades, até onde as conheço, e só conheço seus níveis mais baixos, não buscam a culpa na população, mas, conforme consta na lei, são atraídas pela culpa e precisam nos enviar – a nós, guardas. Esta é a lei. Onde aí haveria erro?" (Kafka, 1997, p. 15). Nesse momento fica ambíguo: é K. que sente e atrai a lei ou a lei que sente que K. poderá se sentir culpado? É um mistério. Trágico ou cômico?

Torna-se mais misteriosa a afirmação da lei e a força da culpa quando K. conversa pela primeira vez com alguém superior aos guardas: "tiro essa conclusão [de o caso não ter tanta importância] do fato de ser acusado e não conseguir descobrir a mínima culpa da qual me pudessem acusar. Isso também é secundário, a questão principal é: por quem sou acusado? Que autoridade conduz o processo?" (Kafka, 1997, p. 21). Não me parece que aqui também haja autocalúnia, mas uma *imposição* de uma culpa que o sujeito deve passar. É nesse sentido que trata-se mais, a meu ver, de uma patologia social – de uma forma de inculcar uma culpa no sujeito sem que ele tenha ideia do que está em jogo.

Por exemplo, o inspetor diz ser um personagem secundário e quase nada saber do processo. Foi a K. que foi exigido que se vestisse bem para se apresentar ao inspetor. Surpreendentemente, o inspetor está malvestido! Isso nos diz que a lei não precisa de formalidades, mas somente, ser cumprida, seja ela qual for; o acusado, por sua vez, deve cumprir as formalidades e se apresentar com toda formalidade *diante* da lei.

Há também uma ideia de que o processo é importante e que K. não deve se distrair com qualquer coisa fora da lei – eis, ao meu ver, uma imposição! Um exemplo é o conselho de um dos guardas e do inspetor que parece sem sentido desde o começo: "nós recomendamos não se distrair com pensamentos inúteis, mas se concentrar, pois grandes exigências serão apresentadas ao senhor" (Kafka, 1997, p. 16). Parece-me que aqui está se instaurando uma loucura: "(...) posso entretanto aconselhar o senhor a pensar menos em nós e no que vai acontecer e mais em si mesmo" (Kafka, 1997, p. 22). Como se vê, impõe-se uma forma de ser sem que haja qualquer explicação do porquê. É isso que estou chamando de loucura: quando toda referência à verdade não tem qualquer forma de verificabilidade e tal é tratado *como se fosse* algo inquestionável. Afinal, a composição inicial de *O processo* é mais ou menos assim: uma fala que se impõe a K.: "não diga que é inocente – basta reparar melhor em seus atos e verás que é culpado". Pergunto-me: a lei farejou uma culpa ou está instaurando/gestando uma?

No começo do processo, vemos que K. tenta conciliar-se com o inspetor e os guardas, mas estes dizem que não há conciliação possível; dizem também que não é o caso de se desesperar... é só um processo! Eis como a detenção de um sujeito pela lei é absolutamente ambígua: "o senhor me entendeu mal. É claro que o senhor está detido, mas isso não deve impedi-lo de exercer sua profissão. Tampouco deve ficar tolhido no seu modo de vida habitual" (Kafka, 1997, p. 25) – *somente um processo!*

A confusão mental de K. é ter confirmações desse processo por pessoas inesperadas. Por exemplo, a partir da senhoria Grubach (dona da pensão) que lhe diz: "de fato o senhor está detido, mas não como um ladrão, então é ruim, mas este tipo de detenção... A mim me parece algo de sábio, desculpe-me se estou dizendo uma tolice, a impressão que eu tenho é de algo sábio, que não entendo, mas que também não é preciso entender" (Kafka, 1997, p. 31). A senhoria diz tudo sobre o processo... parece algo tolo e ao mesmo tempo sábio.

Mas o próprio fato de não se ser culpado parece também se contradizer. Por exemplo: K. sabe da vida "suja" da vizinha. Mas em uma conversa com a senhoria sobre essa vizinha, diz: "se quer conservar limpa a pensão, precisa primeiro me despejar" (Kafka, 1997, p. 34). Aqui poderíamos dizer que estamos diante de uma autocalúnia. Aliás, K. chegou até em pensar em castigar a senhoria Grubach por ter dito algo sobre sua vizinha – há aqui um jogo de culpa e de quem pode falar em nome da lei. Nos diz também, de algum modo, como K. começa a direcionar a culpa aos outros: a enunciar uma culpa que é contra alguma lei que ele nem sabe qual é.

Começa-se, então, um primeiro momento de reconhecimento do processo:

> (...) só é um processo se eu o reconhecer como tal. Mas neste momento eu o reconheço [senhor juiz no primeiro inquérito], de certa forma por piedade. Não se pode ter outra coisa senão piedade, se se deseja leva-lo em consideração. Não digo que seja um processo desleixado, mas gostaria de lhe oferecer essa definição como forma de autoconhecimento (Kafka, 1997, p. 56).

Como se percebe, é somente K. que fala sobre esse processo nesse momento – daí a ideia de autocalúnia. Mas seria mesmo uma autocalúnia ou uma forma de fazer K. acreditar no que estão o acusando – um reconhecimento de uma culpa que vem do social?

Nesta altura da obra, em que K. vai ao tribunal para se defender, ele só acusa. Aliás, acusa a todos: diz se tratar de uma acusação que vem de alguma organização estranha que ele não reconhece etc. e se depara com esta questão: "estava agora cara a cara com a multidão. Tinha julgado certo as pessoas? Tinha confiado demais no efeito do seu discurso?" (Kafka, 1997, pp. 62-63). Afinal, acusa a todos por estarem lhe testando – só ele fala; e afirma sua inocência diante de todos. Não há retruca nem dos ouvintes, nem do juiz, nem de ninguém presente no tribunal! Há somente olhares de reprovação (por não confessar sua culpa ou por estar anunciando de forma negada uma culpa?). Ou seja, nada é anunciado "por outro", mas somente "por olhares". "Todos" estamos "de olho" em você? – como um panóptico, talvez?

Depois de um "espetáculo" de K. (no sentido de dizer muito e acusar a todos e receber palmas e reprovações) diante daqueles que estão presentes na "tribuna" – que se tratava do absurdo do processo –, diz o juiz na tentativa de retirada de K.: "um momento", barrando a passagem de K. para sair. E complementa: "Só queria chamar a sua atenção – disse o juiz – para o fato de que o senhor hoje – isso ainda não deve ter chegado à sua consciência – se privou da vantagem que um inquérito, de qualquer modo, representa para o detido" (Kafka, 1997, p. 64). A impressão que se dá é: ao culpar todos e não deixar o juiz falar senão ao barrar e anunciar algo na saída, de algum modo, reafirma que a lei atrai a culpa. Ou melhor: a lei ficaria muda até certo ponto, por isso K. ficou na espera de uma ligação: ele sabia que o processo não poderia terminar por ali! Deve ter algo mais importante que o barra – um juiz que não diz nada senão quando o acusado tenta sair de "juízo".

Sem ser convocado, K. volta no outro domingo ao tribunal, mesmo não sabendo se tem ou não uma audiência. Aqui se mostra um compromisso com a culpa ou um "passar" a acreditar que existe uma culpa ou que não há culpa alguma e por isso se deve estar pronto para se defender? A mulher que o recebe mostra o lugar vazio da lei: *onde se senta o juiz*. Neste lugar vazio, K. não quer perder a oportunidade de ver os livros que estão em cima da mesa. Vê ali códigos que condenam só quem é "inocente" – mas os códigos apareciam como temas obscenos sem qualquer relação com o que se espera da lei. E avalia: "são estes os códigos de lei estudados aqui – disse K. –, é por homens assim que devo ser julgado"? (Kafka, 1997, pp. 68-69) – homens que colocam em cima da mesa essa pornografia que consideram a lei?

Talvez a grande virada do livro é quando K. começa a acreditar que ele deve ser processado por algo, mesmo que seja por uma lei promíscua que nem anuncia a sua acusação; diz, afinal, mesmo que ironicamente, "o meu processo" (Kafka, 1997, p. 70) – passa agora do "deve haver um processo" a "há um processo"; "não reconheço o processo" a "enfim, há um processo".

A loucura do processo começa a se tornar real, porque todos sabem deste processo e melhor que o próprio K.! A mulher que o recebe no tribunal num domingo sem audiência diz a ele, por exemplo: "com tudo isso eu queria apenas dizer que o juiz de instrução escreve efetivamente muitos relatórios, principalmente sobre o senhor, pois o seu inquérito foi na certa um dos principais objetos da audiência domingo" (Kafka, 1997, p. 72). Afinal, a loucura parece estabelecida: tem-se muito a falar de algo que nem foi pronunciado pela voz de um juiz – e quem pode falar em nome da lei? O que se tem é uma escrita infindável em livros estranhos, com códigos pornográficos. Livros que contêm acusações de algo a alguém sem anunciar a própria acusação.

Eis um exemplo completamente desconcertante: em uma conversa de K. com um oficial de justiça, este lhe pede um favor estranho e imprevisto e se justifica dizendo que K. é acusado e não pode alegar nada (*cf.* Kafka, 1997, p. 80) – uma imposição de uma possibilidade de culpa e da assunção da acusação?

Mas K. não está entendendo o processo e nem o porquê deste acontecimento – ele simplesmente está em um processo. Vê seus companheiros, outros que estão sendo acusados, trabalhando domingo no tribunal e agindo de forma humilhante. Ao perguntar o que estão esperando ali, respondem que estão esperando o resultado de sua causa. Ou seja, há outros como K. e mais engajados em seus processos – não consigo imaginar uma descrição mais clara de uma patologia social. O que isso significa?

Podemos pensar a patologia social fazendo uma certa analogia com a patologia individual. Não temos dúvida quando dizemos que um indivíduo sofre de uma dada patologia. Mas e quando dizemos que há uma patologia social? Por analogia, podemos dizer que o social como um todo sofre de uma patologia. Em *O processo*, todos agem *como se fosse natural* que haja um processo sem que seja explicitada a acusação, levando cada indivíduo acusado a acreditar nessa acusação. É o social, como um todo, que parece estar enlouquecendo e não um indivíduo particular. É o social que leva K. a crer em seu processo, anulando sua capacidade de duvidar da legitimidade ou não do processo, como veremos. Daí porque podemos dizer que há uma patologia social (e não de K.).

Assim, tudo parece indicar uma lei com a qual K. está apreendendo a lidar. Por exemplo, há um presságio da lei declarado a K.: "a punição é não só justa como inevitável" (Kafka, 1997, p. 107). Impossível não pensar em *destino* aqui, pois a culpa é "natural". Mas o estranho é que se aceite o processo, como se se aceitasse uma "loucura social". Afinal, K. aceita a lógica desse processo?

Parece que sim. Por exemplo, quando é "levado" a presenciar o espancamento de dois guardas denunciados na primeira inquisição.

Neste momento, K. faz esta pergunta maluca: "não existe nenhuma possibilidade de poupar os dois do espancamento?" (Kafka, 1997, p. 107). Ou seja, ele não disse que o acontecimento é absurdo, mas se era ou não necessário aquilo... Eis a instauração da loucura social sobre o sujeito. Assim, "atormentava-o não ter conseguido impedir o espancamento, mas não era culpa sua o fato de não tê-lo conseguido" (Kafka, 1997, p. 111).

O processo continua. Ao conversar com seu tio, a única adjetivação que até agora encontramos do processo aparece: "é um processo criminal" (Kafka, 1997, p. 117). E o tio perguntou de que processo se tratava? A resposta é que *não se trata de um processo de um tribunal comum*. Só isto satisfez o tio que já começou a especular uma resolução do caso que parece ter ficado claro com a resposta de K. – *parece normal* ser processado por uma lei que não diz seu nome.

Doravante o processo tem poder sobre K. O tio o aconselha a acompanhá-lo ao campo. Mas K. responde: "Eles poderiam me proibir de viajar" (Kafka, 1997, p. 120) – o processo já tem uma força de lei que o tio reforça:

> (...) [você, K.,] sempre teve uma capacidade de compreensão tão correta, e logo agora ela o abandona? Quer perder o processo? Sabe o que isso significa? Significa que vai ser simplesmente riscado do mapa. E que todos os parentes também serão arrastados, ou pelo menos humilhados até o chão. Josef, concentre-se. Sua indiferença me tira do sério. Quando se olha para você, quase que se acredita no ditado: 'Ter um processo desses já significa tê-lo perdido' (Kafka, 1997, p. 121).

Quer dizer, K. tem agora várias referências do processo em sua "realidade" – vindo inclusive de seu tio, pois hora nenhuma alguém colocou em dúvida esse processo, somente K.! E por isto mesmo, por só ele colocar tal processo em dúvida, ele parece ser *o sujeito mais sóbrio nesse meio social*! Aquele que pode negar os outros personagens ("kein"). Ele é o único que não se entregou completamente a tal processo, porque não o entende, mas que passa, ao mesmo tempo, por um "processo de entrega" em uma crença: um processo de "domesticação" de si que ele tenta negar. Por exemplo, com o convite do tio a ir ao campo. Nesse momento, K. responde algo assim: apesar de vantajosa a proposta, não se poderia aceitar o convite, pois isso significa fuga e consciência de culpa.

K. entra em um processo que o insulta, o indigna, o faz entrar em um jogo que não entende as regras. Que se veja a perplexidade de K. ao consultar com seu tio um advogado que vai representá-lo nesse processo: o advogado já sabia da causa, do processo, mesmo estando doente e de cama. Cada detalhe vai fazendo com que o processo ganhe mais relevância. Afinal, todos estão envolvidos *no* processo. É isto o enlouquecedor! – como se o social soubesse mais sobre o seu processo do que você mesmo. Todos sabem mais do que ele sobre seu caso, mas sabem algo que não é contável, ou que é inacessível. Mesmo a enfermeira de seu advogado tem algum conselho para lhe dar:

> por favor, não pergunte nomes, mas corrija os seus erros, não seja mais tão inflexível, contra esse tribunal não é possível se defender, é preciso fazer uma confissão. Na próxima oportunidade, faça essa confissão. Só aí existe a possibilidade de escapar – só aí. No entanto, mesmo isso não é possível sem ajuda externa, mas não precisa se angustiar por causa dessa ajuda, eu mesma vou providenciá-la (Kafka, 1997, p. 135).

Todos parecem saber mais do que K. sobre seu processo e o incentivam a aceitá-lo – não é ele que está tentando convencer os outros que haja um processo ou que haja alguma culpa; K. somente está entrando aos trancos e barrancos num jogo cuja regra desconhece. Se há um processo, algo inevitável, que todos aceitam, "deve haver" uma culpa. A partir do capítulo sétimo (*O advogado. O industrial. O pintor*) parece que K. entra completamente nesse jogo. Ele agora começa a julgar a si de desleixo com o processo e, "numa manhã de inverno (...) não conseguia mais deixar de pensar no processo". Que se veja:

> não conseguia mais deixar de pensar no processo. Já tinha refletido com frequência se não seria bom redigir um documento de defesa e apresenta-lo ao tribunal. Queria expor nele um breve relato de vida e, a propósito de cada acontecimento relevante, explicar os motivos pelos quais tinha agido daquela forma, se esse comportamento devia ser censurado ou aprovado segundo o seu juízo atual, e que razões podia invocar em relação a este ou aquele (Kafka, 1997, p. 140).

Ou seja, passado um tempo, em uma manhã de inverno, K. está tão crente de seu processo que começa a se censurar.

Começar a se censurar... seria uma autocalúnia como sugere Agamben?

A passagem para esse capítulo sétimo é tão brusca que, das dúvidas e insatisfações que K. sentia, isto é, depois da conversa com o tio, da visita ao advogado e da sugestão da enfermeira, parece que tudo muda: *não há mais dúvida*. K. se diz culpado. A questão agora é saber se se trata de um pecado pessoal ou social. Tratar-se-ia de uma autocalúnia ou da instauração de uma lei que seja partilhada e que não faz senão dizer que você é culpado? Nesta última possibilidade, K. seria um homem que poderia se autocaluniar devido à imposição de uma lei que procura uma culpa.

Segundo Freud, em *A questão da análise leiga*, o Super-eu pune o sujeito de uma forma que teríamos que supor que há uma necessidade de sentimento de culpa; mais especificamente: como se o sujeito *necessitasse de uma doença de punição* (*cf.* Kafka, 1997, p. 180). Assim, a lei encontra esses que necessitam dessa doença, uma vez que o sujeito teria um ganho na doença, com esse sentimento de culpa inconsciente. O que Kafka parece descrever é esse ganho na doença, mas numa doença que é imposta socialmente, que faz com que K. faça uma passagem da dúvida à certeza sobre o processo... Com o tempo, convence-se que se deve prestar mais atenção em sua acusação, porque todos dizem que é assim e que deve ser... Ou ainda outra possibilidade: é como se a lei buscasse culpar um sujeito que não se sentia culpado. Seria essa a violência do processo? – fazer com que o homem se culpe sem ter culpa "pessoal" de ter feito algo? Se esse for o caso, então esse é um ato da lei e não algo espontâneo do sujeito – como se a lei procurasse uma culpa que fosse "natural" ao sujeito.

Ao procurar uma culpa sem qualquer acusação, a lei tem força de lei porque "todos" (um anonimato em geral) sabem de sua força, menos o próprio acusado. Eis porque se trata de uma força a meu ver: porque mesmo "os funcionários são em muitos aspectos como crianças" diante da lei (Kafka, 1997, p. 149) – apenas seguem o que se prescreve sem saber o porquê. A questão está na ideia de que "eles" sabem que se é culpado de algo que não se sabe o que é. Neste sentido, K. se passa como o único herói da história – porque é o único que não entrou no jogo de "saber" o que não se é sabível; o único que não recaia em uma lei insana que nada anuncia, simplesmente exigindo uma culpa e não uma confissão – porque não há o que confessar. Ele é um herói por duvidar. K. é esse que pode formar a negação do artigo indeterminado e que pode negar um nome qualquer. Mas um herói que decai, porque acaba acreditando na lei em um certo momento.

Uma outra genialidade da obra é fazer do leitor um cumplice do processo. Em certo momento, nos flagramos acreditando nesse processo, sem saber que tipo de petições estão sendo colocadas a algum juiz que nem sabemos quem é. Começam a surgir petições que são enviadas do advogado ao tribunal e que jamais são lidas. Surge um réu que se defende por alguma representação de alguém que não diz seu nome, mas que está presente em forma de lei: "os documentos do tribunal, sobretudo o auto de acusação, permaneciam inacessíveis ao acusado e à sua defesa, por isso geralmente não se sabia, ou pelo menos não se sabia com precisão, contra o que a primeira petição precisava se dirigir, de forma que só por acaso ela continha, em verdade, algo relevante para a causa" (Kafka, 1997, p. 142). O que a lei determina tem força de lei, mas sua palavra não é pública – nem mesmo o acusado deve saber sobre o que se trata. Um dos acusados que K. conheceu diz que o conteúdo de uma petição é de tal forma escrita: "cheguei até a ler pessoalmente uma delas [petições] por deferência de um funcionário do tribunal. Ela era de fato erudita, mas o seu conteúdo na realidade nulo" (Kafka, 1997, p. 216).

Assim, o advogado é somente admitido ("tolerado") – não mais do que isso. Uma espécie de mistério que recai sobre o acusado: todos "sabem" da acusação, mas nada sobre o que *diz* a lei. E, por isso, a sugestão estranha de Agamben: trata-se de uma autocalúnia, uma vez que, ao não ter uma acusação clara, se espera que o acusado se auto acuse!

Há uma longa descrição de uma falta de lógica do trâmite de qualquer processo, assim como as vantagens que se pode ganhar ao usar essa misteriosa representação da força de lei que não se coaduna com o sentido da lógica tradicional. Afinal, nesta lógica estranha, mesmo os funcionários da "lei" sofrem, porque não sabem exatamente o que estão fazendo. Há uma lógica, mas uma lógica que não sabemos exatamente qual é, a não ser por metáforas.

No fim, o que interessa é que o processo está em andamento... pouco importa a acusação. Mas, curiosamente, é importante ter boas relações com os acusadores: com os funcionários em geral, para tentar se mostrar solícito (disponível e adepto à lei). Ao aceitar o processo, K. se coloca de forma favorável para que o processo ande.

A loucura da força de lei parece agora não ter mais fim... Em uma conversa com os advogados, K. entende que "sempre havia progressos, mas nunca se podia informar de que tipo eram" (Kafka, 1997, p. 152). Uma loucura instaurada: o importante é que haja "progresso", mesmo sem saber qual. Aliás, nenhum processo surge se não tiver outros que acreditam no processo: "o desprezo que antes manifestava pelo processo já não era válido. Se estivesse sozinho no mundo, poderia com facilidade não levá-lo em conta, embora fosse certo, nesse caso, que o processo simplesmente não teria surgido" (Kafka, 1997, p. 154). Tudo muda quando é o "todos" que está em jogo: "– em suma, ele [K.] praticamente não tinha mais a escolha de aceitar ou rejeitar o processo, estava no meio dele e precisava se defender. Se estava cansado, isso era ruim" (Kafka, 1997, p. 154). Isso mostra que houve uma mudança durante os meses de processo: K. não é o mesmo! Ele agora está, de fato, envolvido *no* processo.

Daí porque discordo da leitura de Agamben, pois mesmo aceitando a culpa, lemos:

> se quisesse conseguir alguma coisa era necessário, acima de tudo, repelir previamente qualquer ideia de uma possível culpa. Não havia culpa. O processo não era nada senão um grande negócio, como os que ele já havia fechado com vantagem para o banco; um negócio

> no interior do qual, conforme a regra, espreitavam diversos perigos que tinham de ser conjurados. Para esse objetivo, entretanto, não se podia jogar com os pensamentos a respeito de alguma culpa, mas sim com o pensamento de se ater o mais possível ao próprio interesse (Kafka, 1997, pp. 154-155).

K. não pode confessar, mas não tem o que confessar. K. não pode se sentir culpado, porque não há culpa. K. se calunia? Ou ele é imposto a se autocaluniar já que todos "sabem"? A questão vira outra: como faço para ter acesso à lei? E que lei é essa? O que está em jogo aqui? Ora, "hoje K. não conhecia mais essa vergonha ['de não saber']: a petição tinha de ser feita" (Kafka, 1997, p. 156). É como se ele tivesse entrado no jogo que ele desconhecia, porque já não se pode ignorar o processo que está em andamento, fazendo-o ter um sentimento vago: "permaneceu sentado assim longamente, sem saber o que de fato o preocupava" (Kafka, 1997, p. 161). Não penso que seja uma autocalúnia, mas uma questão em relação à crença, uma *aceitação* de algo que ele desconhecia. Neste caso, um vazio de determinação; mas uma força de lei, que faz K. assumir uma defesa. Daí sua preocupação estranha em seu trabalho: pedir férias? Como? Já que "(...) tratava-se, na verdade, de todo um processo, cuja duração era imprevisível" (Kafka, 1997, p. 162).

A loucura do processo vai tomando forma – algo que te acusa que não tem uma culpa:

> totalmente desconhecido o processo não era, embora ainda não estivesse muito claro quem sabia dele, e quanto. (...) O que tinha K. então a esperar? Talvez enfraquecesse com essas reflexões sua capacidade de resistência, mas era preciso também não se enganar e

> ver tudo tão claro quanto possível naquele momento (Kafka, 1997, p. 162).

O que parece ser descrito é que *a pessoa vai se enlouquecendo com a passagem da dúvida à crença*. Fica tão estranho a certeza que há um processo que qualquer sugestão que possa ajudar K. "deve" ser levada muitíssimo a sério – parar tudo que estava fazendo e direcionar-se ao caso. Eis a loucura estabelecida: "(...) [K.] deixou o banco [onde trabalha] quase feliz com o fato de poder se dedicar, por algum tempo, mais completamente à sua causa" (Kafka, 1997, p. 170). Que se veja a precisão: quase completamente – é um caminho de crença numa causa que não existe *senão na fantasia social*. Ou seja, o que está em jogo aqui é: ter êxito na fantasia.

K., num certo momento, entra em contato com um pintor que tem acesso aos que estão no tribunal. O pintor representa um dos senhores que estão no tribunal em um quadro. E K. não perde a oportunidade de perguntar: "o senhor pintou a figura como ela realmente fica no trono?" (Kafka, 1997, p. 177). Mais ou menos isso: é esse o trono da lei? O mais incrível é a resposta do pintor: "não – disse o pintor. – Não vi a figura nem o trono, tudo é invenção, mas me indicaram o que eu tenho de pintar" (Kafka, 1997, p. 177). É como se se representasse uma figura que não exista senão na imaginação social, porque não há como ter uma verificabilidade entre o retrato e o "mundo", mas somente uma crença.

Em certo momento, K. se diz inocente, mas sem dizer do quê, porque a pergunta dirigida a ele era somente se se é ou não inocente! Mas sua suposta inocência não o livra do caso. Diz K.: "minha inocência não simplifica o caso (...). Depende de muitas coisas sutis, nas quais o tribunal se perde. Mas no final emerge, de alguma parte onde originariamente não existia nada, uma grande culpa" (Kafka, 1997, p. 181).

K. vai se convencendo de sua culpa. Lemos: "mas todas [pessoas] concordam em que não são levantadas acusações levianas e que o tribunal, quando acusa, está firmemente convencido da culpa do acusado e só com dificuldade é dissuadido dessa convicção" (Kafka, 1997, pp. 181-182). A obra vai se desdobrando de uma forma em que só é possível acompanhá-la se se entrar no jogo. Por exemplo, o pintor diz a K.: "essas meninas [crianças que moram/estão no prédio do pintor] também fazem parte do tribunal. (...) Tudo pertence ao tribunal" (Kafka, 1997, p. 183). Se este tipo de passagem *se passar como natural*, se até as crianças participam "daquele" tribunal, a loucura está estabelecida..., pois todos estão envolvidos em algo em que há regras e critérios tão secretos que ninguém pode ter acesso a eles – quando "tudo e todos" condenam K.

Quem sabe sobre a lei? O pintor é um bom entendedor dela e um conselheiro, – e diz:

> na lei – de qualquer modo não a li – consta, naturalmente, por um lado, que o inocente é absolvido, mas por outro ali não consta que os juízes podem ser influenciados. Ora, a minha experiência é justamente o contrário. Não sei de nenhuma absolvição real, mas sem dúvida de muitas formas de influência. Claro que é possível que em todos os casos que eu conheci não existisse inocência. Mas não é uma coisa improvável? Em tantos casos, nenhuma inocência sequer? (...) As decisões finais do tribunal não são publicadas, não são acessíveis nem mesmo aos juízes, daí que só se conservaram lendas sobre velhos casos judiciais (Kafka, 1997, p. 187).

O grande segredo desse tribunal parece ser que não há um juiz visível e plausível, senão a fantasia social que jamais dará a oportunidade de uma absolvição completa do acusado, pois "(...) esse direito só o tem o tribunal supremo, inteiramente inacessível ao senhor, a mim e a todos nós" (Kafka, 1997, p. 192).

Mas a certeza ainda não está completamente estabelecida. Para sair do atelier, K. fica assustado e o pintor diz: "são cartórios do tribunal. Não sabia que aqui há cartórios? Eles estão em quase todos os sótãos, por que deveriam faltar logo aqui?" (Kafka, 1997, p. 199). Em todos lugares alguém te julga... e K. parece não mais se assustar senão por ser "pego" de surpresa:

> K. não se assustou tanto por ter encontrado ali cartórios do tribunal; assustou-se principalmente consigo mesmo, com o seu desconhecimento das coisas do tribunal; parecia-lhe ser uma regra básica do comportamento de um acusado estar sempre preparado, não se deixar nunca colher de surpresa, não olhar desprevenidamente para a direita quando o juiz estava à esquerda, ao seu lado – e era justamente essa a regra fundamental que ele sempre violava (Kafka, 1997, p. 200).

O caso vai se tornando importante – sua vida pessoal, seu trabalho etc. se tornam desimportantes. Trata-se de um caso importante demais, pois como diz um comerciante que K. conheceu, "quando alguém quer fazer algo pelo seu processo, só pode se ocupar pouco de outras coisas" (Kafka, 1997, p. 212).

A ideia é que K. vai perdendo aos poucos todo o interesse por tudo o que não seja o processo: é algo que vai cada vez tomando seu tempo, sua energia, seus esforços. Seria isto a autocalúnia que nos diz Agamben?

Mesmo no final do livro, não consigo acompanhar Agamben (que diz que a autocalúnia aparece desde a primeira frase da obra):

> não – disse o sacerdote. Mas temo que vá terminar mal. Consideram-no culpado. Talvez o seu processo não ultrapasse nem mesmo um tribunal de nível inferior. No momento, pelo menos, consideram provada a sua culpa. – Mas eu não sou culpado – disse K. – É um equívoco. Como é que um ser humano pode ser culpado? Aqui somos todos seres humanos, tanto uns como outros. – É verdade – disse o sacerdote. – Mas é assim que os culpados costumam falar (Kafka, 1997, p. 258).

Trata-se de uma espécie de construção em que o sujeito vai se engajando na crença de um processo, na crença social de que o processo é real, e que vai transformando K. – que nem sabe a que tipo de tribunal está servindo. Eis como, na cena do sacerdote com K., o processo é explicado: "a sentença não vem de uma vez, é o processo que se converte aos poucos em veredicto" (Kafka, 1997, p. 258).

Nessa conversa com o sacerdote, em que encontramos a famosa passagem do sujeito diante da porta da lei, o mais estranho parece ser a interpretação do sacerdote da função do porteiro desta porta: ele não responde nada; venera os superiores; não é subornável; não sabe o que vigia; aceita presentes para dizer que não é indiferente; é simplesmente um cumpridor de deveres.

Diante desse porteiro, é-se culpado? Afinal, por que o acusado "se senta no banquinho do lado da porta e ali permanece durante toda a vida, isso ocorre voluntariamente, a história não fala de coação alguma"? (Kafka, 1997, p. 267). Se se senta voluntariamente ao lado da porta da lei, eis a possibilidade de uma aceitação de uma lei que passa a imperar no sujeito, mesmo que não seja nada verdadeira a acusação, senão uma necessidade da lei (*cf.* Kafka, 1997, p. 269). Uma ambiguidade sem fim, porque a lei convoca e nada disso acontece sem que você acredite na acusação: "pertenço pois ao tribunal – disse o sacerdote. – Por que deveria querer alguma coisa de você? O tribunal não quer nada de você. Ele o acolhe quando você vem e o deixa quando você vai" (Kafka, 1997, p. 271). K. acredita nesse processo e paga sua vida por ele:

> devo então demonstrar que nem sequer o processo de um ano me serviu de lição? Devo acabar como um homem obtuso? Será que podem dizer de mim que no início do processo eu quis terminá-lo e agora, no seu fim, quero reiniciá-lo? Não quero que digam isso. Sou grato por terem me dado como acompanhantes estes senhores semimudos, que não entendem nada, e pelo fato de terem deixado para mim a incumbência de dizer a mim mesmo o que é necessário (Kafka, 1997, p. 275).

A obra termina com a execução de K. que é arrastado por dois homens gordos que o levam para fora da cidade e o matam com uma faca fina fincada em seu coração – tal como se mata um porco. Mesmo durante esse arrastar, K. ainda reluta. Mas num certo momento "mantém sua dignidade" e aceita a decisão final desse tribunal. Morre como um cão por homens estranhos que não têm ideia do porquê desse ato. Uma autocalúnia? Não. Uma loucura social que leva o homem a crer em uma culpa que não existe senão na fantasia social. Eis o que denomino, de fato, uma patologia social.

Afinal, trata-se de algo trágico ou cômico? A tragédia, segundo Agamben, é a realização de um destino inexorável, que não se pode mudar. O cômico seria, por sua vez, a realização de uma espécie de redenção do destino trágico. No caso, pela "purificação" da lei. Difícil a questão, porque até mesmo o que consideramos sem qualquer lógica deveria ser lido sob a lente cômica – basta ver como se chega um momento em que o sujeito não mais questiona a lei e nem mesmo como aquilo foi possível. Uma redenção pela lei (algo *cômico*) ou o cumprimento de um destino que vem de uma loucura social (sem qualquer redenção possível, pois se paga *tragicamente* com a própria vida)? Poderíamos pensar em algo tragicômico?

Bibliografia

AGAMBEN, Giorgio. *Categorias italianas – Estudos de poética e literatura*. Trad. Carlos Eduardo Schmidt Capela e Vinícius Nicastro Honesko. Florianópolis: Editoda UFSC, 2014.

______. *Nudez*. Trad. Miguel Serras Pereira. Lisboa: Relógio D'Água, 2010.

______. *Profanações*. Trad. Selvino Assmann. São Paulo: Boitempo, 2007.

ARISTÓTELES; HORÁCIO; LONGINO. *A poética clássica*. Trad. Jaime Bruna. São Paulo: Cultrix, 1997.

FREUD, Sigmund. "Conferência 21 – O desenvolvimento da libido e as organizações sexuais (1917)". In: *Obras completas vol. 13– Conferências introdutórias à psicanálise (1916-1917)*. Trad. Paulo César de Souza. São Paulo: Companhia das letras, 2014a.

______. "A negação (1925)". In: *Obras completas vol. 16 – O eu e o id, "Autobiografia" e outros textos (1926-1929)*. Trad. Paulo César de Souza. São Paulo: Companhia das letras, 2011.

______. "A questão da análise leiga: diálogo com um interlocutor imparcial (1926)". In: *Obras completas vol. 17 – Inibição, sintoma e angústia, O futuro de uma ilusão e outros textos (1926-1929)*. Trad. Paulo César de Souza. São Paulo: Companhia das letras, 2014b.

______. "A repressão (1915)". In: *Obras completas vol. 12 – Introdução ao narcisismo, Ensaios de metapsicologia e outros textos (1914-1916)*. Trad.

Paulo César de Souza. São Paulo: Companhia das letras, 2010.

FOUCAULT, Michel. *Histoire de la sexualité I – la volonté de savoir*. Paris: Gallimard, 2005.

KAFKA, Franz. *O processo*. Trad. Modesto Carone. São Paulo: Companhia das Letras, 1997.

LACAN, Jacques. *Le séminaire VIII – Le transfert (1960-1961)*. Paris: Seuil, 1991.

KOTTER
EDITORIAL

papel pólen,
tipologia Cardo 10,5/15, no verão de 2019.